Über die Autorin

Annika Senger veröffentlichte als junge Erwachsene regelmäßig Gedichte und Kurzgeschichten in deutschsprachigen Literaturzeitschriften. Als Jugendliche schrieb sie das Theaterstück „Ganymed" (erschienen im Plausus Theaterverlag). Zwischen 2015 und '16 brachte sie unter dem Pseudonym Alexandra Sonnental die Kurzgeschichtensammlung „Das ist Berlin, Baby!" sowie die beiden Novellen „Zurückbleiben, bitte!" und „Zimmer in Berlin" (Neobooks) heraus.

Im Sommer 2021 folgte der Roman „Letzte Ausfahrt 2020" (ebenfalls erhältlich bei Tredition), der sich mit dem Thema Flucht aus Deutschland in Zeiten des großen C auseinandersetzt.

Für alle klar denkenden Freigeister

Annika Senger

Die Schwimmerin

Satirische Dystopie

© 2021 Annika Senger

Autorin: Annika Senger
Umschlaggestaltung: Annika Senger

Verlag: tredition GmbH, Halenreie 40-44, 22359 Hamburg
ISBN:
978-3-347-43068-6 (Paperback)
978-3-347-43069-3 (Hardcover)
978-3-347-43070-9 (e-Book)

Inspiriert von dem Film „The Swimmer" (1968) mit einem brillanten Burt Lancaster in der Hauptrolle. Ähnlichkeiten mit real existierenden Personen und Orten sind nicht ganz zufällig und teilweise beabsichtigt. Wir befinden uns in einer möglichen nahen Zukunft am Rande einer namentlich nicht genannten deutschen Großstadt.

Dieses Buch widme ich allen mutigen Menschen, die sich tatkräftig dafür einsetzen, dass die Auswüchse der hier beschriebenen Dystopie ein Produkt meiner Fantasie bleiben.

Prolog

Barfuß watet Nika durch den feinen Sand des Waldwegs, der sonnengewärmt ihre Fußsohlen umfängt. Ein roter Bikini mit goldenen Ornamenten bedeckt die intimsten Stellen ihres schlanken Körpers; leicht gewelltes schwarzen Haar umfließt ihre Silhouette. Die Spitzen ihrer Haarpracht enden am Ansatz ihres Bikinihöschens. Sonnenstrahlen blitzen durch das Blätterwerk und hinter den Zweigen und Ästen funkeln Abertausende von Diamanten auf dem See. Der Himmel schickt der Wasseroberfläche azurblaue Küsse, während ein Schwanenpaar seinen fünf hässlichen Entleins die Welt zeigt. Ein grünköpfiger Erpel döst im Schilf mit seiner Herzdame vor sich hin. Zur gleichen Zeit wischt sich die Frau im Bikini mit dem Handrücken ihren Schweiß von der Stirn. Sie setzt einen Schritt vor den nächsten und kommt zu einem Badestrand, wo sich noch mehr Enten, Gänse und Schwäne im Wasser tummeln.

Vor dem Strand steht ein knallrotes Schild. Wie die Verbotsschilder an allen anderen ehemaligen Badestellen der Stadt warnt es Passanten: „Baden streng verboten! Zuwiderhandlungen werden laut § 666 Abs. 9 des Infektionsschutzgesetzes mit einem Bußgeld von bis zu 1.000 Euro geahndet."

Die Frau verlässt den Waldweg und huscht an dem Schild vorbei. Sie nimmt Anlauf, rennt auf den See zu und stürzt sich ins Wasser. Nika taucht ab und wieder auf. Dann holt sie tief Luft und beginnt zu kraulen.

Mona und Tim

An einem Holzsteg unter wehenden Weidenzweigen klettert die Schwimmerin aus dem Wasser. Ein schneeweißes Motorboot mit eleganten braunen Ledersitzen ist an den Planken befestigt. Wassertropfen fließen wie Perlen über Nikas Haut. Ihre nassen Fußsohlen hinterlassen Spuren auf dem warmen Pier, der zu einer steinernen Treppe führt. Wie auf einem Sockel thront oberhalb der Stufen eine alte Villa mit Erkern und Türmen über dem See. In den 30er Jahren des 20. Jahrhunderts gehörte das Prachthaus einer Filmdiva.

Die Frau im Bikini steigt die Stufen hinauf; dicht gewachsene Eichen spenden ihr Schatten. Die Treppe endet an einer hellen Sandstein-Balustrade, die eine Terrasse mit hellrosa gemaserten Marmorplatten umrahmt. In deren Zentrum leuchtet das Blau eines Swimmingpools. Auf einer Liege unter einem cremefarbenen Sonnenschirm liest eine Frau mit üppigem goldblonden Haar in einem hellblauen Bikini ein Buch.

„Hallo Mona", unterbricht eine rauchige Frauenstimme ihr Schmökern.

Die Blonde reißt ihre blauen Augen von den Seiten; Überraschung steht ihr ins Gesicht geschrieben.

„Nika? Wo kommst du denn plötzlich her? Wir haben uns ja Ewigkeiten nicht gesehen!"

„Wenn du drei Jahre als Ewigkeit bezeichnest, dann hast du wohl Recht", antwortet die Besucherin, an deren Haut lange, schwarze Haarsträhnen kleben.

„Was treibst du denn hier? Geht's dir gut?"

In Monas Stimme schwingt Erstaunen mit.

Nika fängt an zu erzählen: „Mir geht es blendend! Ja, wir haben heute auf dem See mein neues Musikvideo gedreht, so richtig schick mit Segelboot. Hinterher war natürlich eine Abkühlung fällig. Also bin ich in den Wald gelaufen und ohne mein Team baden gegangen. Im Wasser hatte ich spontan die Idee, euch zu besuchen."

Mona springt von ihrer Sonnenliege auf: „Super! Darf ich dich umarmen? Ich würde so gerne mal wieder meine alte Freundin Nika drücken!"

„Ja, warum fragst du? Tu es doch einfach, wenn es dich nicht stört, dass ich klatschnass bin!"

Nika und Mona fallen sich herzlich in die Arme, bevor letztere ihr Gesicht verzieht und sich abrupt aus der freundschaftlichen Geste löst.

„Na ja, ist doch heutzutage streng verboten, andere Menschen außerhalb des eigenen Haushalts zu umarmen", stammelt Mona nervös. „Und du hast dich ja noch nie um Regeln geschert, wie inzwischen das ganze Land weiß."

„Ja, weil die Regeln schwachsinnig und menschenfeindlich sind", betont Nika mit Nachdruck.

„Und weil du das ständig rausposaunt hast, ist jetzt deine Karriere futsch", erwidert Mona.

Nika beginnt zu lachen: „Ach, was redest du denn da! Ich arbeite gerade auf Hochtouren an meinem neuen Album. Das wird was ganz Großes!"

„Ganz große Protestlieder? Willst du riskieren, dass sie dich ins Quarantänelager stecken?"

„Nein, diesmal schreibe ich Songs über die Liebe zu allem, was lebt. Aus der Protestlieder-Nummer bin ich raus."

Mona hakt nach: „Und wer veröffentlicht die Songs, nachdem dich deine Plattenfirma gefeuert hat?"

Nika berichtet hocherfreut: „Ein Label in Schweden hat mich vor zwei Monaten unter Vertrag genommen. Es geht wieder aufwärts auf der Karriereleiter!"

„Herzlichen Glückwunsch! Tim und ich hatten uns wirklich Sorgen um dich gemacht. Wir dachten, sie hätten dich eingesperrt und gefoltert."

„Was für ein Quatsch! Wo ist Tim eigentlich? Seid ihr noch zusammen?"

Mona fläzt sich wieder auf ihre Liege und säuselt: „Und ob! Tim mixt gerade im Haus Cocktails. Für mich einen alkoholfreien mit ganz vielen frischen Erdbeeren."

Während sie spricht, streicht sie sich über den leicht gewölbten Bauch und lächelt beseelt.

Nika schlussfolgert: „Bist du etwa schwanger?"

„Ja!", schwärmt Mona. „Im dritten Monat. Ich bin so glücklich wie noch nie in meinem Leben. Tim trägt mich auf Händen! Aber das hat er ja schon immer getan."

„Wie schön! Ich gratuliere euch von Herzen. Mädchen oder Junge?", will Nika wissen.

„Keine Ahnung. Das erfahren wir demnächst. Hauptsache, ein süßer, kleiner Mensch. Projekt Timona!"

„Ich sehe noch nicht viel. Man könnte meinen, du hättest ein bisschen zu viel gefressen. Passiert mir auch manchmal", scherzt Nika, die am Fußende von Monas Sonnenliege platzgenommen hat.

„Immer noch frech wie eh und je. Typisch Nika!", entgegnet die werdende Mutter und verpasst ihrer alten Freundin einen sanften Tritt in die Hüfte.

Hinter Monas Rücken trägt ein Mann in weißen Tennis-Shorts und blauem Polohemd auf einem Silbertablett eine Karaffe und zwei Gläser durch die Terrassentür. Er hat volles braunes Haar und auffällige kornblumenblaue Augen.

„Schatz, ich habe Erdbeerbowle für uns gemacht. Die trinkst du doch so gerne", verkündet er.

„Hallo Tim!", ruft Nika und winkt ihm dabei zu.

Der Hausherr starrt die Besucherin überrascht an: „Mein Gott, ist das wirklich Nika? Wo kommst du denn auf einmal her?"

„Aus dem Wasser, wie du siehst", antwortet sie mit vergnügter Stimme und grinst.

Mona ergänzt: „Nika hat hier in der Gegend ihr neues Musikvideo gedreht. Und stell dir vor, danach ist sie zu unserem Haus geschwommen."

„Unglaublich und vor allem sportlich!", meint Tim. „Ich hole sofort ein drittes Glas. Nika, du magst doch Erdbeerbowle, oder?"

„Und ob! Ich liebe Erdbeeren und Bowle!"

Tim fragt: „Auch ohne Alkohol?"

„Klar, über euer süßes Geheimnis bin ich längst im Bilde", sagt Nika verschmitzt. „Herzlichen Glückwunsch zur Vaterschaft."

„Danke, danke!", freut sich Tim, während er die Erdbeerbowle auf einem gusseisernen Tisch mit verschnörkelten Blumenornamenten abstellt. Dann eilt er zurück in die Villa.

Mona schwärmt: „Ist er nicht ein Goldstück?"

„Ja, genauso lieb wie mein Thomas. Was haben wir beide doch für ein Glück mit den Männern! Dafür sollten wir dankbar sein!", antwortet Nika wie ein Honigkuchenpferd strahlend.

„Schön, dass ihr doch noch zusammen seid. Es kursierten Gerüchte, dass er dich für ein Seriensternchen verlassen hätte. Aber anscheinend hat die Journaille mal wieder gelogen", wirft Mona ein.

„Ach ja, diese Schreiberlinge! Immer auf der Suche nach der trashigsten Story. Wie wir beide wissen, geht es denen nur um Klicks und nicht um die Wahrheit", sagt Nika kopfschüttelnd.

„Absolut! Tim und mir wollten sie auch schon Trennungsgeschichten andichten. Wenn ich demnächst meine Schwangerschaft bekanntgebe, haben sie wieder ordentlich was zum Schreiben."

Nikas braune Augen blitzen auf: „Übrigens arbeiten wir auch am Familienzuwachs. Thomas hätte gerne eine kleine Nika, aber mir ist das Babygeschlecht piepegal."

„Mir auch", meint Mona. „Das Geschlecht ist zweitrangig. Als Mutter freust du dich so oder so, wenn das Baby erst mal da ist. So habe ich das bei all unseren Freunden erlebt."

Tim kommt mit einem dritten Glas zurück und unterbricht die beiden Frauen: „Wollt ihr viel oder wenig Frucht in der Bowle?"

„Her mit den Erdbeeren!", ruft Mona überschwänglich.

„Ja, für mich auch", schließt Nika sich an.

Während Tim mit einer silbernen Kelle die Gläser füllt, bemerkt er: „Als meine Mutter mit mir schwanger war, war sie süchtig nach Erdbeeren. Das gleiche Spiel, als meine Schwester unterwegs war."

„Diesen Heißhunger auf Erdbeeren kann ich nur bestätigen. Nika und Thomas versuchen es jetzt auch", berichtet Mona ihrem Mann.

„Ja, zuerst ein neues musikalisches Baby und dann ein menschliches", betont Nika.

„Gut so. Wir haben auch noch Projekte, bis zumindest ich in die Babypause gehe", erzählt Mona.

Tim setzt sich in einen champagnerfarbenen Lounge-Sessel und fügt hinzu: „Mona spielt die Hauptrolle in der neuen Serie 'Das Impfzentrum am Teufelsberg'. Der Vertrag ist sogar unbefristet!"

„Ist das nicht cool? Ich bin die Impfärztin, die für alle Impflinge ein offenes Ohr hat. Auch für die Zweifler und Querdenker."

Eine tiefe Furche gräbt sich in Nikas Stirn: „Seid ihr beide geimpft?"

„Was bleibt einem denn als Schauspieler anderes übrig? Keine Impfung, null Rollenangebote. Das sollte dir doch eigentlich klar sein", sagt Tim ernst.

Seine Frau pflichtet ihm bei: „Ich liebe meinen Job zu sehr. Deshalb würde ich meine Karriere niemals wegen meiner politischen Meinung oder einem Pieks aufs Spiel setzen."

„So haben die Vorbesitzer eurer Villa sicher auch gedacht. Wie hieß die Tussi noch mal, die es wahrscheinlich hier auf eurer Terrasse mit Goebbels getrieben hat?", entgegnet Nika barsch.

Tim reicht Mona und Nika die Gläser: „So, Mädels, jetzt lassen wir die Politik mal schön außen vor und stoßen zusammen an. Der Tag ist zu herrlich für sinnlose Diskussionen!"

„Ja, du hast Recht", seufzt Nika. „Eurem Baby wünsche ich von Herzen das Allerbeste. Ich hoffe, es kommt gesund zur Welt."

„Daran würde ich niemals zweifeln", antwortet Mona pikiert.

Tim klatscht in die Hände: „Themenwechsel! Nika, hast du schon von meinem neuen Liebesfilm gehört? Ich spiele die Hauptrolle und führe gleichzeitig Regie. Es geht um einen krebskranken Profi-Schwimmer, der trotz seines positiven Corona-Tests durch einen reißenden Fluss zum Haus seiner Angebeteten schwimmt. Der Streifen kommt im Winter in die Kinos."

„Für die Rolle musste Tim jeden Tag vier Stunden in unserem Home-Studio trainieren", erzählt Mona.

„Ja, weil man mich auf der Leinwand nur in Badehose sieht. Das Publikum will eben Muskelmänner", sagt Tim.

Nika fragt mit skeptischer Miene: „Auch wenn der Held Krebs und das tödlichste Virus der Menschheitsgeschichte hat?"

„Na, dann erst recht! Im Kino verkaufen wir Träume und ich möchte den Menschen da draußen auch in diesen finsteren Zeiten Mut machen."

„Dreh doch mal ein Remake von der Feuerzangenbowle", schlägt Nika mit leicht sarkastischem Unterton vor.

„Hey, das ist tatsächlich geplant! Ich spiele den Pfeiffer mit drei F", berichtet Tim. „Wie damals Heinz Rühmann. Der Unterschied ist nur, dass wir alle Schulszenen mit Maske drehen."

„Und ich bin Pfeiffers zickige Freundin Marion. Meine Traumrolle!", behauptet Mona.

Nikas Gesicht entspannt sich, ihre Augen blitzen auf und ihre Stimme ist plötzlich voller Enthusiasmus: „Darauf lasst uns zusammen anstoßen. Mit Erdbeerbowle auf die Feuerzangenbowle!"

„Ja, genau", sagt Tim.

Die drei heben ihre Gläser und prosten sich zu.

Nika leert ihr Glas in einem Zug: „Tim, dein neuer Streifen hat mich auf eine Idee gebracht. Ich werde heute durch den Thomas-Fluss nach Hause schwimmen!"

Mona schaut sie verdattert an: „Wie bitte? Was für ein Thomas-Fluss?"

Nika erklärt ihren Gastgebern: „Alle Villen hier in der Gegend haben Pools und ich kenne die meisten Besitzer persönlich. Jeder Pool ist eine Etappe des Flusses, der mich am Ende zu Thomas bringt. Also, der Plan ist folgender: Ich werde alle Pools durchschwimmen, bis ich zu Hause bei meinem Mann bin. Bei euch fange ich an!"

„Das ist doch verrückt, Nika!", glaubt Mona.

Tim belächelt die Aussage der Besucherin und fragt: „Willst du nicht erst mal deine Erdbeeren auslöffeln?"

„Ja, klar! Was ist eigentlich drin in der Bowle? Schmeckt wie Alkohol."

„Nein, Nika. Wegen Mona und dem Baby gibt es die nächsten Monate nur noch alkoholfreien Sekt."

Tim reicht ihr einen Löffel, mit dem sich Nika die Erdbeerstückchen in den Mund schiebt: „Ganz große Klasse, eure Bowle. Das sind die süßesten Erdbeeren, die ich seit langer Zeit gegessen habe. Ich danke euch für eure Gastfreundschaft."

Nach dem Lob erhebt sich Nika von ihrem Platz neben Mona und stolziert zum Beckenrand. Mit aufrechter Eleganz stellt sie sich in Positur, streckt sich, spreizt ihre Füße und springt ins Wasser. Wie ein Fisch taucht sie pfeilschnell zum anderen Ende und klettert aus dem Pool.

„Danke für die erste Etappe, Leute! Ich muss dann mal weiter. Hoffentlich sehen wir uns bald wieder!"

Nika winkt ihren Freunden zu, ehe sie hinter der Hausecke zwischen den Büschen verschwindet.

„Was war das denn?", fragt Tim verdutzt.

Mona reibt sich die Augen: „Eine Begegnung der dritten Art? Ich werde sie später anrufen und mich nach ihrem Befinden erkundigen."

Tim seufzt: „Wahrscheinlich eine von Nikas fixen Ideen. Als exzentrisch galt sie ja schon immer."

Eddy und Dennis

Leichtfüßig tapst die Frau im Bikini über das Kopfsteinpflaster einer Einfahrt, in der ein schwarzes Porsche Cabrio vor der Garage geparkt ist. Ein Turm mit zwiebelförmiger brauner Spitze und zwei Seitenbalkone voller üppiger Blumenarrangements zieren die dreigeschossige Villa, deren Gemäuer in mediterran anmutenden Terracotta-Tönen gestrichen ist. An der Hauswand ranken rote, gelbe und geflammte Rosen in die Höhe. Nika berührt die Blüten mit ihren Fingerspitzen und vergräbt ihre Nase in den Rosenblättern. Sie atmet tief ein und flüstert: „Oh, Eddy, was für ein schöner Duft!"

An der weißen Marmortreppe vor der Mahagoni-Haustür schleicht sie vorbei und bahnt sich rechts davon über einen gepflasterten Pfad ihren Weg in den Garten.

Das Grundstück fällt seitlich ab. Über der farbenfroh bepflanzten Böschung steht ein untersetzter glatzköpfiger Mann in neonpinken Badeshorts vor einem Marmorgeländer und blickt von seiner Terrasse über den See. Der sich nähernden Nika, deren Augen auf den Swimmingpool fixiert sind, wendet er den Rücken zu.

„Überraschung!", ruft die unangemeldete Besucherin.

Der Mann zuckt zusammen und dreht sich mit einem Ruck um.

Nika lacht in sein erschrecktes Gesicht: „Hallo Eddy. Keine Angst, ich beiße nicht! Zumindest jetzt nicht."

„Nika?! Wie komme ich denn zu dem hohen Besuch?", reagiert Eddy genauso überrascht wie zuvor Mona und Tim.

„Da staunste, was? Ich bin auf dem Nachhauseweg und dachte mir, ich schaue mal bei meinem Haus- und Hofdesigner vorbei."

Eddy geht einen Schritt auf Nika zu und beäugt prüfend ihren Bikini: „Du bist wohl extra für neue Outfits angerauscht."

„Ach, du meinst, weil ich im Bikini bin? Ich kann es dir erklären. Wir hatten vorhin Videodreh und dann bin ich bei dem schönen Wetter einfach eine Runde schwimmen gegangen. Über Outfits sollten wir uns natürlich auch unterhalten", sagt Nika.

Eddy räuspert sich: „Sehr gerne. Aber darfst du überhaupt noch Konzerte geben?"

Nika lehnt sich an die Balustrade, hält sich mit den Händen am glatten Marmor fest und antwortet: „Die letzten zweieinhalb Jahre waren wegen der politischen Umstände nicht gerade der Burner, aber demnächst kommt meine neue Platte. Dann spiele ich erst mal ein paar Gigs in Skandinavien."

„Okay, dein Wort in Gottes Ohr. Ich hatte schon schlimme Befürchtungen, was dich betrifft."

Nika lacht schallend: „Schlimme Befürchtungen? Meinst du wegen der medialen Hetze? Ich bin zu resilient, um in den Sümpfen der Propaganda unterzugehen. Außerdem gibt mir Thomas ganz viel Halt. Tja, hier bin ich – live und in Farbe auf deiner herrlichen Terrasse!"

Eddy gestikuliert theatralisch mit seinen wurstigen Armen: „Oh, Nika! Ich bin der Letzte, der dir irgendwas Schlechtes gönnt. Die da oben haben aber inzwischen überall ihre Finger drin. Entweder spielst du mit oder du verhungerst in diesem Land."

Nika rechtfertigt sich: „Sehe ich aus wie eine, die am Verhungern ist? Nein, Eddy, im Gegenteil. Meine Fans warten schon gespannt auf das neue Video. Und wie gesagt, für die nächsten Konzerte brauche ich wieder Bühnen-Outfits von dir. Ich zahle auch dafür!"

Eddy wendet seine tief liegenden grauen Augen dem Swimmingpool zu und fragt kühl: „Und was hast du für Vorstellungen?"

Nika fabuliert: „Die Kostüme sollen diesmal meine Naturverbundenheit zum Ausdruck bringen. Mir kommen Visionen, in denen ich mich als Meerjungfrau auf der Bühne räkele."

„Meerjungfrau ist gut", lacht Eddy. „Im Bikini bist du ja schon."

„Im Ernst, Eddy! Meine neuen Konzepte nehmen langsam Gestalt an. Ich würde mich auch gerne mal als Waldfrau in Szene setzen. Hast du jemals einen Baum umarmt?"

Der Stardesigner winkt ab: „Dafür habe ich momentan wirklich keine Zeit. Die Auftragslage boomt, obwohl der Output beschissen ist."

Nika tritt näher an den Beckenrand und bohrt nach: „Wieso das denn? Leidest du plötzlich unter Selbstzweifeln? Ich habe deine Mode immer geliebt. Deine Outfits sind so weiblich und fantasievoll!"

Eddy seufzt: „Das freut mich zu hören, erst recht von einer ehrlichen Haut wie dir. Aber wenn ich meine schmucke Hütte und meinen Lifestyle behalten will, muss ich eben systemkonform schneidern. Dennis' Friseurgehalt reicht vorne und hinten nicht, um das alles zu unterhalten."

Nika taucht ihren rechten großen Zeh ins Wasser und redet entschlossen auf ihn ein: „Mach doch bitte weiter dein Ding, Eddy."

„Mädel, mit meinem Ding würde ich sofort baden gehen! Der Trend ist androgyn und steril. Kalte Farben, Kutten in Anthrazit und Schwarz wie bei der SS. Auf der Bühne sind jetzt Gasmasken angesagt und kein Waldmädchen-Look. Übrigens habe ich die Uniformen für die neue Ordnungsstaffel des Gesundheitsministeriums entworfen."

„Fuck it!", platzt es aus Nika heraus. „Warum seid ihr bloß alle so scheiß gehorsam? Ich war gerade bei Mona Baum und Tim Bauer. Die drehen jetzt nur noch miese Propagandafilme!"

Eddys Gesicht läuft rot an. Nervös watschelt er vor Nika auf und ab und rechtfertigt sich mit gesenkter Stimme: „Du hast Glück, dass ich mein Smartphone im Haus gelassen habe und uns wahrscheinlich keiner abhört. Natürlich ist das bis zum Himmel stinkend scheiße, dass ich zur Systemhure mutiert bin. Ich kann mich ja selbst kaum noch im Spiegel betrachten, das kannste mir glauben. Aber wenn ich die Wahl habe zwischen meiner schönen Villa und dem Quarantänelager, dann weiß ich, wo am Ende des Tages mein Platz ist."

„Und deshalb funktioniert die Unterdrückung auch so wunderbar. Weil die Mehrheit seit März 2020 kuscht", faucht Nika ihn an.

Eddy starrt betreten auf die weißen Marmorplatten seiner Terrasse und antwortet: „Ja, ich weiß. Aber was sollen wir machen? Dich haben sie geächtet, ein paar andere Promis auch. Ich würde das niemals ertragen!"

Nika erhebt ihre Stimme zum Gegenschlag: „Zum Glück bin ich …!"

„Oh, wen haben wir denn da? Ist das etwa die liebe Nika, meine Lieblingssängerin?"

Durch die Terrassentür stolziert ein blond gelockter junger Mann in einem blauen Seidenkimono mit goldenen Drachenstickereien. Er hat feminine Gesichtszüge, hohe Wangenknochen und eine leicht himmelwärts geneigte Stupsnase. Seine blauen Augen strahlen Nika kindlich naiv an.

Sie schaut ihn an und antwortet mit einem zaghaften Lächeln: „Hallo Dennis. Freut mich, dass ich immer noch deine Lieblingssängerin bin. Bald kommen sogar neue Songs."

„Eddy, Schatzi, warum hast du mir nicht erzählt, dass Nika zu Besuch kommt? Ich hätte uns auf jeden Fall was Leckeres gekocht", sagt Dennis theatralisch beleidigt.

„Nika besucht uns spontan", erklärt Eddy trocken.

Dennis schleicht wie ein Kater um Nika herum, streichelt dabei mit den Fingerspitzen sacht ihre nackte Haut und säuselt: „Meine süße Nika! Wir haben uns so lange nicht gesehen! Darf ich dir wenigstens einen O-Saft mit Wodka kredenzen? Oder Champagner? Wie wäre es mit Sex on the Beach? Wir haben alles da."

„Danke, Dennis, ich muss gleich nach Hause."

„Schon? Das ist aber schade", erwidert der Jüngling.

„Der Weg führt diesmal durch euren Pool", bemerkt Nika.

Dennis macht eine ausschweifende Geste mit den Armen, wirft seine rauschenden Locken in den Nacken und berichtet stolz: „Der Pool ist neu. Das Wasser ist so klar, dass man glatt daraus trinken könnte!"

Eddy wendet ein: „Mausi, das würde ich an deiner Stelle nicht ausprobieren. Heute Morgen nach dem Aufstehen habe ich nämlich das Wasser gechlort. Dennis war natürlich noch im Land der Träume."

„Ich will nichts trinken, weder Schampus noch Poolwasser", lässt Nika das Paar wissen und macht einen Kopfsprung ins Wasser. Mit dem Gesicht nach unten krault sie zum anderen Ende des Beckens, wo sie sich mit der Muskelkraft ihrer Arme aus dem kühlen Nass zieht. Eddy und Dennis sehen ihr verblüfft dabei zu. Dann ruft sie über die Terrasse: „Macht's gut, Jungs! Thomas wartet!"

„Hey, bleib doch hier!", trompetet Dennis hinter ihr her, doch Nikas Füße sind längst wieder im Rennmodus.

Rosemarie

Wie ein grelles blaues Ei wirkt der ovale Swimmingpool im Grün des sauber gestutzten Rasens, auf dem ein grauer Mähroboter wie betrunken eine Irrfahrt macht. Die frischen Grashalme sind so gleichmäßig geschnitten, dass die Rasenfläche einem Teppich gleicht. Die Villa, zu der dieses perfekt getrimmte Gras gehört, ist einem Schweizer Alpenhaus mit grünen Fensterläden nachempfunden. Ausladende rote Geranien schmücken das dunkelbraune Holzgeländer eines Balkons, der fast so breit ist wie die Hauswand. Auf der Terrasse unterhalb des Balkons stehen ein Gartentisch und vier hellgrün gepolsterte Stühle aus Rattan. Die Terrassentür ist einen Spalt geöffnet.

„Hallo", flüstert Nika der weißen Engelsstatue neben dem Schwimmbecken zu, ehe sie ins Wasser hüpft. Beim Tauchen dreht sie sich einmal um die eigene Achse. Dann schnappt sie Luft und gleitet wieder unter die Oberfläche.

„Was machen Sie in meinem Pool?", wird sie von einer wütenden Frauenstimme am Beckenrand empfangen. Die Stimme gehört einer älteren Dame mit einer schneeweißen Bubikopffrisur. Ihr dezent geschminktes Gesicht ist zu einer erbosten Fratze verzerrt, während ihr zierlicher Körper unter dem Stoff ihres schwarzen Sommerkleids bebt. Die knochigen Hände der Frau zittern ebenfalls.

„Mama Rosemarie? Erkennen Sie mich denn nicht? Ich bin es, Nika!"

Die Schwimmerin steigt aus dem Wasser, das von ihrer Haut auf die Platten neben dem Becken tropft.

Die Pool-Besitzerin zetert: „Natürlich erkenne ich Sie! Wenn Sie nicht sofort mein Grundstück verlassen, rufe ich die Polizei!"

Nika starrt sie entgeistert an: „Was ist denn los? Und wo ist Marc? Ich hatte eigentlich gehofft, Ihren Sohn hier zu treffen."

Rosemaries Gesicht läuft rot an, in ihren hellblauen Augen sammeln sich Tränen: „Wie können Sie es eigentlich wagen, mich das zu fragen? Schämen Sie sich denn gar nicht?"

„Frau Steinbach? Was ist passiert? Wofür sollte ich mich schämen? Bitte sagen Sie es mir!"

Nika streckt ihre feuchte Hand nach ihr aus, Rosemarie schlägt sie weg und schluchzt: „Marc hätte niemals mit Ihnen Musik machen dürfen! Sie haben meinen einzigen Sohn auf dem Gewissen!"

Rosemaries Miene ist voller Ekel und Nika löchert sie kleinlaut weiter: „Auf dem Gewissen? Nur weil Marc Mitglied in meiner Band war? Er ist der beste Gitarrist, den ich je hatte. Marc ist wie ein Bruder für mich!"

„Jetzt reicht es aber!", schimpft Rosemarie. „Nachdem Sie meinem Sohn Ihren Querdenker-Dreck eingetrichtert hatten, haben Sie es einfach so toleriert, dass Marc an Ihrer Stelle ins Quarantänelager verschleppt wird!"

Nika stockt der Atem. Ihre Lippen zittern und das Weiße in ihren Augen färbt sich rot. „Was sagen Sie da? Ich hab das alles nicht gewusst!"

Rosemarie bricht in sarkastisches Gelächter aus: „Natürlich nicht! Sicher wissen Sie auch nichts von dem Brief, den mein Mann und ich letzten Monat empfangen haben."

Das Herz der Besucherin wummert so stark, dass ihre Brust anfängt zu zucken. Ihre Mimik ist von Schrecken gezeichnet, während Rosemarie den Inhalt des Schreibens rezitiert: „Mit Bedauern müssen wir Ihnen mitteilen, dass Ihr Sohn Marc Steinbach an den Folgen einer SARS-CoV-2-Infektion der Variante Ypsilon verstorben ist!"

Nika wird kreideblass. „Nein!", erwidert sie, gerät ins Wanken und sackt unter ihrem Gewicht zusammen. „Nein, nein, nein!"

„Stehen Sie sofort auf, wertes Fräulein Nika!", zischt Rosemarie und tritt die am Boden Liegende in die Hüfte. „Machen Sie, dass Sie aus meinem Garten verschwinden und kommen Sie mir nie wieder unter die Augen. Sonst sorge ich höchstpersönlich dafür, dass Sie vergast werden!"

Nika hält sich schützend die Arme vors Gesicht und dreht sich zur Seite weg. Als sie wieder auf ihren Füßen steht, beginnt sie zu rennen.

Joe und Julia

Nika zittert zusammengekauert unter einer alten Buche. Das grüne Blätterdach des Waldes hält seine Hand über ihre heißen Tränen. Wie ein Sturzbach strömt die salzige Flüssigkeit auf ihre Knie; ihr geschwollenes Gesicht liegt in ihrem bebenden Schoß.

„Marc!", heult sie wie eine Schallplatte mit Sprung. „Es tut mir so leid!"

Ameisen krabbeln über ihre Haut, zwischen den Ästen singen Vögel. Das Händchen haltende Paar auf dem sandigen Waldweg scheint die weinende Frau im Dickicht nicht zu bemerken. Nika rollt sich zur Seite und schlägt wild mit ihren Armen und Beinen um sich.

„Mörder!", schnaubt sie. „Faschisten!"

Ihre Finger krallen sich im Waldboden fest, zur gleichen Zeit landet ein Zitronenfalter in ihrem nassen Haar.

Als ihr Schluchzen verebbt ist, setzt sie sich aufrecht hin und flüstert zu den Bäumen: „The show must go on."

Die Grashalme zwischen den bemoosten Wurzeln wiegen sich in einer sanften Sommerbrise; Nika steht auf und schwankt nach vorne. Sie stützt sich ab am Buchenstamm, den sie mit beiden Armen umklammert und dabei erneut in Tränen ausbricht. Minuten vergehen, ehe sie sich beruhigt und vor Mutter Natur mit neu gewonnener Fassung beteuert: „Marc, ich verspreche dir, dass ich weiterlebe. Ich habe bis zu diesem Tag überlebt! Danke, dass ich dich kennen durfte und du meine Meinung zu diesem Wahnsinn geteilt hast. Deine Mutter will mich vergasen, weil sie immer noch keine Ahnung hat! Sie will nicht wahrhaben, dass dich diese scheiß Nazis umgebracht haben!"

Das Licht der Sonne funkelt golden durch die Baumkronen. Nika trottet zurück auf den Waldweg, der oberhalb einer modernen Villa mit grauen Betonwänden und Glasfassaden verläuft. Durch einen Spalt in der Hecke schlüpft sie in den Garten des Glaskastens. Lateinamerikanische Rhythmen mit schmachtendem spanischen Männergesang schallen durch die Sträucher, die mit ihren Blättern Nikas Haut kitzeln.

„Quick, quick, slow! Quick, quick, slow! Und mehr Hüfte, Baby. Yeah, that's sexy!", gibt ein glatzköpfiger Afroamerikaner einer zierlichen Rotblonden im weißen Bikini Tanzanweisungen. Barfuß lässt sie auf der gepflasterten Tanzfläche vor dem Swimmingpool ihre schmalen Hüften kreisen. Auf dem Wasser gleitet ein weißer Schwimmring mit regenbogenfarbenem Einhornkopf vor sich hin, während der Lehrer mit nacktem, durchtrainiertem Oberkörper um seine Tanzschülerin herumschleicht. Er trägt pinke Badelatschen und eine lange, schwarze

Trainingshose mit neongelben Streifen an den Seiten. Die Tanzende wirft schwungvoll ihre Locken nach hinten.

„Yeah, keep your chin up", zwitschert der dunkelbraun glänzende Zweimeter-Mann ihr zu.

„Dein Kinn ist hoch genug, Julia", mischt sich Nika hinter ihrem Rücken ein und reißt ihren Mund in Lachstellung.

Die Tänzerin dreht sich um: „Nika?! Oh, mein Gott, Nika!", kreischt sie.

„Joe, gibst du Julia jetzt private Tanzstunden?"

Der Hüne antwortet: „Wow, that's really Nika! Wo warst du, Baby? Wir haben uns so lange nicht gesehen! What a surprise!"

Nika berichtet: „Hier und da. Im Ausland, im Studio und zwischendurch mit Thomas in meiner hübschen Villa."

„Hey, girl, ich dachte du wärest dead or in die Quarantänelager!", platzt es aus Joe heraus.

Julia wendet ein: „Aber Nika doch nicht!"

„Eben!", betont die Besucherin. „Wenn ich mir auf diesem Abenteuerspielplatz Leben mal das Knie aufschlage, spiele ich einfach weiter!"

Joes Schülerin schwärmt mit einem strahlenden Lächeln: „Und deswegen warst du immer mein großes Vorbild. Egal, was die Leute so reden."

„Echt? Was reden sie denn?"

„Na ja, dass du Nazi bist und so", stottert die Tanz-schülerin verschämt.

„Nika und Nazi? No way!", behauptet Joe schrill.

Nika lacht verhalten: „Hast Recht, alter Neger. All lives matter!"

„Unbelievable! Hat die gerade Neger zu mir gesagt, die Covidiotin!"

Joe geht grinsend zu seinem silbernen Barwagen und gießt sich ein Glas Wasser mit Eiswürfeln ein. „Wollt ihr auch water?", fragt er die beiden.

Julia hechelt: „Oh ja, nach dem Tanzen hab ich tie-rischen Durst!"

„Gerne", sagt Nika. „Für mich bitte ohne Eis."

„Alright."

Als Joe die Gläser gefüllt und sie den Frauen über-reicht hat, fläzt er sich auf seine graue Gar-ten-Couch.

„Now let's have a little chat. Was machst du hier, Nika?"

„Ich schwimme nach Hause", plaudert sie aus und setzt sich in einen Lounge-Sessel. Julia pflanzt sich in den Sessel gegenüber. Zwischen ihr und Nika steht ein niedriger Couchtisch.

„Swimming home? Wie meinst du das?"

Joe klingt verwundert und kratzt sich am Kopf.

„Ich schwimme durch die Pools hier im Viertel und stelle mir vor, es wäre ein Fluss. Ist so eine Art Challenge", erklärt Nika.

„Geil! Kann ich bei der Challenge mitmachen?", fragt Julia erwartungsvoll.

„Klar. Es sei denn, ich habe deine Tanzstunde unterbrochen."

Julia winkt ab: „Nein, absolut nicht. Wir waren eh schon fast fertig. Nicht wahr, Joe?"

„Oh yeah, babe. Wir machen nächste Woche weiter."

Julia schnattert: „Joe macht mich jetzt fit für die Bühne. Als Sängerin muss ich ja auch tanzen können. Ich denke, ich bin schon viel besser als früher. Echt nice, wie Joe mir die Schritte beibringt!"

Nika offenbart: „Das hat bei mir nie gefruchtet. Ich kann mir einfach keine Tanzschritte merken! Na ja, shit happens."

„That's absolutely true! Nika tanzt die Choreography nach Gefühl. Wie eine sture Bock!"

Nika lacht Joe ins Gesicht und imitiert seinen amerikanischen Akzent: „Die sture Bock hat andere Talente."

Julia meint: „Zum Beispiel Singen und Songwriting."

„Genau", sagt Nika. „Und was macht deine Ge-
sangskarriere?"

„Ich nehme zweimal die Woche Gesangsunterricht.
Echt cool, dass meine Eltern das alles finanzieren.
Die stehen voll hinter mir!", erzählt Julia über-
schwänglich.

Joe wirft ein: „Die Kleine is very talented. Ganz sicher the next big thing!"

Julia errötet: „Findest du? Das bedeutet mir ganz
viel, weißt du. So viele junge Sängerinnen wollen
mir dir arbeiten, Joe!"

Der Choreograph sagt mit süffisantem Unterton:
„Yeah, yeah! Bist schon fast so good wie Sandra
Corona!"

„Die Bitch!", schießt es aus Julia heraus.

Nika zwinkert ihr zu: „Das hast *du* jetzt gesagt."

Joe redet weiter: „Hat richtig geile legs, die Sandra.
Ist zwar schon over forty, hat falsche nose und die
Fresse voll mit Botox und so, but a really good
dancer. Ich mache mal wieder Choreography für
Mrs. Corona."

„Die eigentlich Müller heißt und widerliche Werbung für mRNA-Spritzen macht", bemerkt Nika.
„Früher war sie mal *das* Werbegesicht für Milch
und Monatsbinden."

„Du, Nika, ich habe jetzt auch einen Künstlernamen", berichtet Julia. „Was hältst du von Julia Romeo?"

„Hm, mal nachdenken. Wenn du das süße kleine Mädchen bleiben willst, das du bist, könnte der Name passen."

Julia entgegnet: „Natürlich passt der! Ich will über nichts anderes als über Liebe singen."

„Super. Politische Songs stehen dir nicht", sagt Nika.

Joe mischt sich ein: „Bitte keine discussions über politics hier in this garden!"

Nika trinkt ihr Wasser aus und sagt: „Nee. Ich muss eh nach Hause."

„Und was ist mit der Pool-Challenge?", quengelt Julia.

„Die geht weiter", antwortet Nika und schwingt sich aus dem Sessel. „Jetzt!"

„Warte, ich komme mit!", tönt Julia, die Nika an den Beckenrand folgt und mit ihr zusammen ins Wasser springt.

Seite an Seite kraulen sie eine Bahn, bei der Nika dem Einhorn-Schwimmring einen Kinnhaken verpasst. Über die Pool-Leiter klettern sie zurück auf die Steinplatten; nach einem „Tschüss" wetzt die Besucherin aus dem Garten. Bevor Julia ihr hinterherrennt, wirft sie noch einen flüchtigen Blick über die Schulter.

„Ciao, Joey! Meine Klamotten hole ich später ab!", verabschiedet sie sich von ihrem Tanzlehrer.

Julia

Nika läuft zurück auf den Waldweg.

„Warte!", ruft Julia, die ihr dicht auf den Fersen ist. „Nika, bleib stehen!"

Die Schwimmerin ignoriert das elfenhafte Mädchen, bis der Weg an einer Pferdekoppel endet. Zwei Schimmel grasen auf der üppig sprießenden Wiese. Nika macht am Holzzaun Halt und schnappt nach Luft.

„Warum läufst du denn weg? Ich dachte, wir machen die Pool-Challenge zusammen", jammert Julia, die vor dem Zaun Nikas Hand greift.

Sie lässt es geschehen und lockt die Pferde: „Hey, kommt mal her!"

Die Schimmel setzen sich in Bewegung und trotten auf Nika zu.

Julia reagiert begeistert: „Das ist ja cool! Die scheinen dich zu mögen."

Nika meint: „Normalerweise brauche ich sie nicht mal zu locken. Die Tiere kommen von ganz alleine. Egal, ob das Pferde, Schafe, Kühe, Hunde oder Katzen sind."

„Hast eben einen guten Draht zu Tieren", antwortet Julia. Noch immer hält sie Nikas Hand und himmelt ihr Idol mit Blicken an. Die Pferde hinter dem

Zaun haben inzwischen beide Frauen ins Visier genommen.

Mit ihrer freien rechten Hand streichelt Nika einen der Schimmel am Kopf. „Gutes Pferdchen", flüstert sie.

„Kannst du eigentlich reiten?", fragt Julia.

„Ich? Nö. Aber ich komme gut mit Pferden klar", sagt Nika und schenkt dem zweiten Schimmel ein paar Streicheleinheiten.

„Ich hatte als kleines Mädchen Reitunterricht, aber dann in der Pubertät habe ich mich voll aufs Singen konzentriert", erzählt Julia, während sie die Pferde an der Mähne krault.

Nika blickt zu den Schimmeln und bemerkt: „Tiere sind so ehrlich."

„Ja, Pferde sind echt nice. Übrigens schade, dass du mich nicht mehr als Backgroundsängerin brauchst. Das waren geile Zeiten mit dir auf der Bühne."

Nika wendet sich von den Tieren ab und schaut Julia in die Augen. Lächelnd behauptet sie: „Aber natürlich brauche ich dich! Bald bin ich wieder on Tour und du kommst mit!"

„Klasse!", antwortet Julia erpicht. „Muss ich mich dafür eigentlich impfen lassen?"

„Julia, um Gottes Willen, nein! Für mich niemals."

„Gut. Meine Eltern wollen das auch nicht. Die lassen mich ja überall mit Mamas Auto hinfahren. Unser Essen kommt mit dem Lieferdienst und Joe ist es egal, ob ich geimpft bin. Der hasst Politik und mag irgendwie jeden. Sogar Sandra Corona, die Bitch!"

Nika lacht in sich hinein, wendet sich von der Koppel ab und steuert wieder auf den Waldweg zu.

„Wie alt bist du jetzt eigentlich?", fragt sie Julia.

„Neunzehn."

„Gehst du noch zur Schule?"

„Nee. Hab vor dem Abi wegen der Zwangsimpfung geschmissen. Ich will ja eh nur singen und nicht studieren."

„Gute Entscheidung. Bleib dir selbst treu und höre auf dein Gefühl. Dann bist du frei!", bläut Nika ihr ein.

„Ja, auf jeden Fall. Ich hatte bei Joe im Garten dieses Gefühl, dass ich mit dir die Pool-Challenge machen sollte. Wo gehen wir eigentlich als nächstes planschen?", will Julia wissen.

„Ach, lass uns noch ein bisschen durch den Wald spazieren. Die Nadelbäume durften gerade so schön", sagt Nika.

Julia inhaliert den Duft der Kiefern und antwortet: „Stimmt. Ist so ganz anders als mitten in der Stadt, obwohl der Wald ja noch zur Stadt gehört."

Seite an Seite schlendern sie durch den Sand und Nika berichtet beseelt: „Ich bin ganz oft im Wald. Hier fühle ich mich mit allem verbunden. All das Streben nach Ruhm und Anerkennung hat jetzt keine Bedeutung mehr."

„Aber du singst doch noch und schreibst Songs. Hast du nicht eben gesagt, dass wir zusammen auf Tour gehen?", erwidert Julia leicht konsterniert.

„Klar. Das tue ich, weil es mir Spaß macht. Ob die Leute das gut finden, ist mir inzwischen egal."

Julia erwähnt: „Früher warst du ganz anders."

„Kann sein", sagt Nika. „Corona hat mir beigebracht, worauf es wirklich ankommt im Leben."

„Also, meine Mission ist Singen. Bei jedem Konzert mit dir war das der glatte Wahnsinn! Ich war so happy und wenn der Applaus kam, war ich wie im Himmel!", schwärmt Julia.

„Ich erinnere mich. Du warst erst 15 oder 16 und wolltest mich unbedingt kennenlernen. Wusstest schon früh, was du willst!"

Julia tätschelt erneut Nikas Hand und errötet: „Du, Nika, ich muss dir was erzählen. Mein Geheimnis, das ist wirklich top secret und irgendwie auch voll peinlich."

Nika grinst: „Vor mir muss dir gar nichts peinlich sein. Ich kann viel vertragen."

Julia stammelt: „Na ja, ich war halt mitten in der Pubertät und manche Sachen waren mir noch nicht ganz klar. Also, bei einem Auftritt habe ich mich in deine Garderobe geschlichen und deinen BH geklaut."

Nika bricht in schallendes Gelächter aus: „Was?! Meinen BH? Warum das denn?"

„Bitte nicht lachen, Nika! Ich war … Kannst du dir das vorstellen? Ich war so verknallt in dich. Ich hab den nachts mit ins Bett genommen, daran geschnuppert und mir vorgestellt, dass du neben mir …"

Julias Stimme bricht ab. Nika bleibt stehen und fragt erstaunt: „Warum hast du mir das nie gesagt?"

„Weil es mir total peinlich war! Ich bin doch nicht wirklich lesbisch oder so. Vielleicht wollte ich einfach nur so sein wie du. Warst du nicht auch mal richtig doll Fan von jemandem?"

„Absolut! Von Freddie Mercury, als der schon längst tot war. Ich bin damals oft zu seinem Haus in London gepilgert."

Julia fleht: „Bitte behalte mein Geheimnis für dich, okay? Mein Freund ist total eifersüchtig. Und wenn der denkt, ich wäre 'ne Lesbe …"

„Dein Freund? Wo hast du den denn kennengelernt?"

„Über so eine App für Ungeimpfte. Anders kommt man ja nicht mehr mit normalen Leuten in Kontakt", meint Julia.

„Bist du glücklich mit dem?", fragt Nika.

„Ja, meist schon. Tobi ist lieb, wenn er keinen Eifersuchtsanfall hat."

Julia stößt einen leisen Seufzer aus und Nika erwidert: „Eifersucht ist scheiße. Überleg dir das gut mit dem Kerl."

„Hast Recht. Was soll denn bloß werden, wenn ich irgendwann so richtig viele Fans habe? Dann dreht der bestimmt mega durch!"

Nika lässt sich unter einem Baum nieder und rät ihr: „Such dir einen, auf den du dich verlassen kannst. Dein Partner sollte deine Karriere unterstützen. Wenn nicht, bleibst du eben Single oder lässt dir das mit den Homo-Neigungen noch mal durch den Kopf gehen. Ist auch okay."

Julia lehnt sich neben Nika an den Baumstamm und fragt: „Bist du noch mit Thomas zusammen? Er hat damals deine Videos gedreht."

„Na sicher. Heute Morgen waren wir wieder am Filmen. Ich denke, er ist schon zu Hause und sichtet das Material."

Julia schmiegt sich an Nikas Seite und fragt: „Was für Szenen habt ihr denn gedreht?"

„Das erfährst du noch früh genug. Ich habe auch meine Geheimnisse."

Julia bohrt weiter: „Sag mal, kannst du mir den Thomas mal vermitteln? Ich will auch Musikvideos drehen."

Nika murmelt: „Ja, sicher. Komm doch einfach mit zu mir. Wir kochen was Schönes und gehen hinterher in die Sauna."

„Sauna mitten im Sommer?"

„Ja, klar. Ist gesund. Die Finnen saunieren zu jeder Jahreszeit", raunt Nika, als spräche sie mit sich selbst.

Julia kichert verschämt: „Dann sehen wir uns ja nackt. Ist dir das nicht unangenehm?"

„Julchen, ich bin erwachsen. Mich schockt nichts mehr, auch nicht dein Geheimnis."

„Nice! Irgendwie wird ja auch überall Werbung gemacht, dass wir schwul, lesbisch und trans sein sollen. Vielleicht hat mich das getriggert und dann war ich halt verschossen in dich", sagt Julia und legt ihre Hand auf Nikas Knie.

„Wer weiß. Manche Menschen lieben von Natur aus ihr eigenes Geschlecht und brauchen keine Propaganda", antwortet Nika.

Julia rechtfertigt sich mit knallrotem Kopf: „Also, ich bin zu 100 Prozent hetero!"

„Hast du eigentlich noch meinen BH?"

„Wieso fragst du? Vielleicht. Vielleicht auch nicht. Wahrscheinlich schon. Willst du den zurück?"

Julias Stimme bebt vor Aufregung.

„Nein", sagt Nika ruhig. „Es interessiert mich einfach."

„Ach, das ist schon so lange her. Ich war halt jung und hatte Hormonstau", erwidert Julia.

„Jung bist du immer noch. Im Vergleich zu mir ein kleines Mädchen. Ich würde mich wirklich gerne um dich kümmern in diesen interessanten Zeiten."

Julia fragt überrascht: „Wie meinst du das?"

Nika eröffnet ihr mit wohlwollendem Tonfall: „Ich könnte dich coachen. Vor allem würde ich dich vor den Haien im Business schützen und dafür sorgen, dass du dich frei bewegen kannst und dir die Spritze erspart bleibt."

Julia kuschelt sich enger an Nika, beginnt leidenschaftlich ihren Hals zu küssen und zuckt dabei zusammen. Dann springt sie auf und protestiert gegen ihr Verlangen: „Shit, das ist voll crazy! Ich bin doch keine Lesbe!"

Panisch ergreift sie die Flucht und schaut nicht mehr zurück.

„Julia!", ruft Nika ihr nach. „Julia, ich wünsche dir viel Glück!"

Nika lässt ihr Gesicht in ihre Handflächen fallen und seufzt: „Puh!"

Nachdem sie einige Minuten im Schatten des Baumes verharrt und tief ein- und ausgeatmet hat, richtet sie sich auf und geht mit einem seligen Lächeln auf den Lippen weiter.

Villa Sonnenkäfer

Nika stoppt vor einer sandfarben verputzten Villa mit roten Dachziegeln. Ein lachender brauner Käfer im Zentrum einer goldenen Sonne prangt auf dem Wappen über dem Eingangsportal. Die breite Steintreppe vor den beiden Säulen führt zur Haustür, die weit offen steht und einen Blick auf die ebenfalls geöffnete Terrassentür gewährt. Neben der linken Säule steht ein rotes Schild mit weißem Text:

Die Villa Sonnenkäfer heißt Sie herzlich willkommen! Bitte beachten Sie unseren Verhaltenskodex:

1. Dies ist eine Einrichtung für FKK-Freundinnen und Freunde. Legen Sie am Eingang Ihre Kleidung komplett ab!

2. Im gesamten Haus und Garten herrscht Maskenpflicht. Bedecken Sie stets Mund und Nase!

3. Zeigen Sie beim Eintritt Ihren Impfpass bzw. grünen Pass sowie einen negativen Covid-Test vor. Wir akzeptieren ausschließlich PCR-Tests!

4. Desinfizieren Sie gründlich Ihre Hände und Füße!

5. Halten Sie zu anderen Sonnenkäfer*inne*n mindestens 1,5 Meter Abstand!

6. Sexuelle Handlungen, Urinieren in den Pool und Äußerungen von rechten Verschwörungstheorien oder Querdenker-Ideologien sind streng verboten!

Verstöße führen zum sofortigen Ausschluss aus dem Verein Sonnenkäfer und werden polizeilich zur Anzeige gebracht!

Die Vorständin

Die Desinfektionsmittel-Station neben der rechten Säule enthält zwei Spenderflaschen: eine auf Höhe der Hände, die andere ist für die Füße bestimmt. Nika tippt den unteren Hahn mit den Zehen an. Der Mechanismus sprüht eine alkoholische Flüssigkeit auf ihren sandigen rechten Fuß. Sie rümpft die Nase und rennt über die Schwelle. Links neben dem Eingang liest ein maskierter nackter Pförtner hinter einer Plexiglasscheibe Zeitung.

„BionCash liefert Notfall-Vakzine für die fünfte Booster-Impfung", lautet die Top-Schlagzeile auf der ersten Seite.

Darunter ist zu lesen: „Gesundheitsexperte warnt: Ypsilon-Variante tötet zwei Drittel der Bevölkerung trotz Impfung!"

In der Klatschspalte auf der Rückseite wird kundgetan: „Eine Million Euro Gage: Sandra Corona gibt Privatkonzert beim Gesundheitsminister!"

Nika beachtet weder den Pförtner noch seine Zeitung. Mit der offenen Terrassentür im Blick prescht sie durch den holzvertäfelten Salon, an dessen Wänden Hirschgeweihe und Wildschweinköpfe hängen. Die Sitzecke, die mit rotweißem Baustellenband abgeschottet ist, lässt sie links liegen. Auf dem Eichentisch maßregelt ein rundes Schild die Gäste: „Sitzen verboten!"

Der Pförtner springt von seinem Stuhl auf und brüllt Nika hinterher: „Hey, Sie! Bikini aus und Maske auf! Kommen Sie her und weisen Sie sich aus! Sofort!"

Die Schwimmerin dringt vor zur Terrasse, deren grauer Fußboden mit roten Aufklebern verziert ist:

„1,5 Meter Abstand! Seien Sie solidarisch!"

„Maskenpflicht! Schützen Sie sich und andere!"

„Zutritt nur für vollständig Geimpfte UND Getestete!"

Nika saust über die Sticker, vorbei an einem Paar der Generation Ü60, das entblößt und maskiert auf Liegestühlen in der Sonne brutzelt.

„Hartmut, guck mal! Die hat keine Maske auf!", kommentiert die Frau die vorbeieilende Bikiniträgerin.

Im Garten spielen zwei nackte Seniorinnen mit blauem Gesichtsbehang Federball. Neben einem begehbaren Schachbrett aus schwarzweißen Steinplatten in der Rasenfläche kreischt ein rotes Schild: „Gruppen-Schach verboten! Nur ein*e Spieler*in pro Seite!"

Zwei FKK-Jünger männlichen Geschlechts befolgen die Anweisung; derweil verstößt ein Karnickel-Paar im Gebüsch gegen Punkt 6 der Hausordnung.

Nika hetzt die Treppe zum Garten hinab. Der Pförtner folgt ihr und schreit: „Sofort stehen bleiben! Ich hole die Polizei!"

Auf der letzten Stufe stolpert er, stürzt auf Kieselsteine und heult auf vor Schmerzen. Während Nika zum Pool stürmt, kommt ihm das Paar zur Hilfe.

„Verdammte Querdenkerin!", stöhnt der Pförtner mit blutenden Knien. Die beiden Gäste packen ihn unter den Achseln und zerren ihn auf die Beine.

Hartmut bietet ihm an: „Ich fahre Sie ins Krankenhaus, Herr Schulze."

„Lass uns erst mal 110 wählen!", sagt seine Gattin aufgeregt.

„Holen Sie Verbandszeug! Schnell", wimmert der Pförtner.

Zur gleichen Zeit springt Nika in den Pool, in dem sich eine Maskenträgerin mit krebsroter Haut auf einer rosa Flamingo-Badeinsel sonnt. Nikas Kopfsprung wirbelt das Wasser auf. Es bespritzt die Sonnenanbeterin und besudelt ihren Mikroplastikklappen im Gesicht.

„Huch, meine Maske!", schreckt sie auf.

Rund um den Swimmingpool sind Gartenliegen mit mindestens zwei Meter Abstand aufgebaut. An einem weißen Tisch spielen ein Mann und eine Frau Mau-Mau. Als zwischen den anwesenden „Sonnenkäfer*innen" ein Tumult ausbricht, lassen sie ihre Karten fallen und beobachten das Geschehen mit neugierigen Augen. Aufgebrachte Stimmen lärmen hinter Stofffetzen durcheinander:

„Wer ist das denn?!"

„Bikini runter und Maske auf!"

„Hilfe!"

„Raus hier!"

Nika taucht die gesamte Bahn, während Hartmut und seine Frau den verletzten Herrn Schulze abgestützt ins Haus geleiten. Zwei männliche Sonnenkäfer bäumen sich am Beckenrand auf und empfangen die Schwimmerin, als sie aus dem Wasser klettert. Ruppig packen die Männer sie am Arm und Nika donnert mit der vollen Wucht ihrer Stimme: „Abstand halten!!!"

Der eine lässt vor Schreck von ihr ab und hüpft in den Pool. Der andere krallt sich in ihrer triefenden Haut fest und bekommt Nikas Knie an der empfindlichsten Stelle seines Körpers zu spüren. Schreiend krümmt er sich: „Scheiße! Verfluchtes Miststück!"

Nika flüchtet ins Gebüsch und entwischt aus dem Garten. Zeitgleich verbindet Hartmuts Frau die aufgeschlagenen Knie des Pförtners und ihr Mann wählt den Notruf der Polizei.

Emilia

Hellbraunes schulterlanges Haar umrandet das rundliche Gesicht des Kindes, das schnörkelige Schriftzeichen in ein Tagebuch mit pinkem Lackeinband malt. Die Farbe passt zu seiner Brille und dem Sommerkleid, das mit einem weißen Blütenmuster bedruckt ist. Das Mädchen sitzt am Rande eines leeren Swimmingpools; in weißen Socken und rosa Sandalen baumeln seine Füße über dem hellblau gefliesten Abgrund. Rechts neben dem Kind steht ein silbernes Tablett, darauf eine Glaskaraffe gefüllt mit einem orangen Getränk. Knallig pink ist der Boden der beiden Gläser, die nach oben zulaufend milchig aussehen.

Unter einem Baum hinter dem Pool döst ein rotgetigerter Kater mit weißem Lätzchen. Als er das Rascheln im Gebüsch registriert hat, öffnet er gähnend seine grünen Augen, streckt sich und schleicht dem Geräusch entgegen. Seine menschliche Freundin schreibt weiter in ihr Tagebuch. Erst als eine Frauenstimme ihre Katze begrüßt, schaut sie auf: „Na, wer bist du denn? So ein Hübscher und so weich!"

Der schnurrende Kater reibt sich an Nikas Beinen. Sie streichelt sein dichtes, glänzendes Fell.

„Klaus?", ruft das Mädchen fragend.

Nika tritt vor das wasserlose Schwimmbecken und sagt: „Hallo Kleine."

„Ich heiße Emilia und bin nicht klein", antwortet das Kind mürrisch. „Und wer bist du?"

„Nika. Ich wohne hier in der Nachbarschaft und kenne deine Eltern. Sind die zu Hause?"

„Nein", sagt Emilia.

„Warum ist denn kein Wasser bei euch im Pool?"

„Ich kann nicht schwimmen. Deswegen hat Papa das Wasser abgelassen. Mama hat Angst, dass ich ertrinke."

„So lernst du es erst recht nicht", meint Nika.

„Mama hat vor allem Angst und ich bin schlecht in Sport", betont Emilia.

„In der Schule? Das ist unwichtig. Später fragt dich eh keiner mehr danach."

Nika setzt sich neben das Kind an den Beckenrand. Klaus stolziert zurück in den Schatten, wo er sich einrollt und weiter vor sich hin döst.

„Keiner will mich beim Völkerball im Team haben. Ich bleibe immer übrig und dann entscheidet der Sportlehrer, wo ich mitspielen soll. Die anderen Kinder lachen, weil ich so langsam laufe und nicht werfen kann", vertraut Emilia der Besucherin an.

„Das ist doch super, dass du zu keinem Team gehörst! Nur so bleibst du frei und das ist das Allerwichtigste", sagt Nika.

„Wirklich? Malou aus meiner Klasse ist heute auch nicht zum Spielen gekommen. Ich habe extra Limonade für uns gemacht", erwidert Emilia traurig.

„Ach, trink deine Limonade lieber alleine als mit falschen Freunden. Natürlich darfst du auch mir ein Gläschen anbieten."

„Das kostet aber zwei Euro."

Nika lacht: „Oh, du bist ja ganz schön geschäftstüchtig! Finde ich übrigens zum Überleben besser, als gut in Sport zu sein. Das Geld bringe ich dir später vorbei, wenn es dir recht ist."

„Okay."

Emilia legt ihr Tagebuch zur Seite und gießt Limonade in die beiden Gläser.

Nika fragt: „Hast du die Limonade mit Orangensaft gemacht?"

„Ja, frisch gepresst. Schmeckt viel besser als die, die man fertig kaufen kann."

„Ist auch gesünder und sieht in deinen Gläsern wunderschön aus", meint Nika und nimmt einen großen Schluck. „Wow, die ist echt gut!"

Emilia bedankt sich für das Lob und erzählt: „Das sind alte Gläser von Mama. Sie sagt, die sind aus den 80er Jahren. Die heißen Joy und Mama hatte die schon als Kind, als sie so alt war wie ich."

„Wie alt bist du denn?"

„Neun. Bald werde ich zehn."

„Mit neun hast du noch viel Zeit, um schwimmen zu lernen. Ich habe erst mit sechs Jahren Fahrradfahren gelernt", plaudert Nika aus. „Und weißt du was, als ich mit vier das erste Mal auf einem Tretroller stand, bin ich ständig umgekippt. Wie ein nasser Sack! Kannst du dir das vorstellen? Aber ich bin immer wieder aufgestanden, bis ich es konnte. Meine Tante hat das als Beweis gefilmt."

Emilia berichtet: „Ich habe gar kein Fahrrad. Mama hat Angst, dass ich hinfalle und mir die Knochen breche."

„Ich verrate dir jetzt mal was, Emilia. Angst ist ein kleines Monster in deinem Kopf. Es lebt da und frisst deine Seele auf, weil du ständig an das Monster denkst. Erst wenn du damit aufhörst, kriegt es kein Futter mehr und verhungert."

„Dann haben ja ganz viele Leute Monster im Kopf! Mama und Papa, die Lehrer, einfach alle."

Nika erklärt: „Weil böse Menschen da draußen aus Gedanken Monster züchten und zum Beispiel mit dem Fernseher in die Köpfe pflanzen. Sie wollen, dass wir ängstlich sind und alles tun, was sie uns befehlen."

Emilia sagt betrübt: „In der Schule muss ich die ganze Zeit die Maske aufsetzen. Ich kann mich gar nicht mehr konzentrieren! Die Brillengläser beschlagen und ich kann nicht atmen. Wenn ich die

Maske absetze, hetzt der Lehrer die anderen Kinder gegen mich auf. Die dürfen mich dann einfach so ärgern und mit Dreck bewerfen! Ich hasse die blöde Maske, die Lehrer und die Klasse!"

Nika streicht über Emilias Kopf. „Die Würde des Menschen ist unantastbar! Merk dir das und sag es deinem Lehrer, wenn er deine Klassenkameraden das nächste Mal aufhetzt: Die Würde des Menschen ist unantastbar. Okay? Niemand hat das Recht, dir die Atemluft zu rauben! Reiß den Lappen runter, so oft du kannst. Ich habe nie eine Maske getragen."

„Ganz schön mutig", antwortet Emilia leise.

„Nein, ich denke nur klar auf meine alten Tage. Das kannst du auch. Sollten die Schikanen so furchtbar werden, dass du die Schule nicht mehr aushältst, kommst du einfach zu mir und ich nehme dich mit ins Ausland."

Während sie spricht, rinnt eine Träne über Nikas rechte Wange.

„Willst du mich entführen?"

Emilia schaut ihren Besuch fragend an.

„Ach ja, wenn ich könnte", seufzt Nika. „Aber ich glaube, deine Eltern hätten was dagegen. Du schaffst das auch alleine, wenn du dir eine Sache merkst: Du bist schon seit deiner Geburt frei! Ja, eine kluge Kollegin von mir meinte mal: Die Frage ist nicht, was wir dürfen. Die Frage ist, was wir mit uns machen lassen. Also: Als erstes lässt du die kleinen Angstmonster verhungern, schmeißt die scheiß Maske weg und beschäftigst dich nur noch mit Dingen, auf die du Bock hast. Tu, was dir Spaß macht!"

„Tagebuchschreiben macht Spaß. Ich schreibe alles auf, was ich denke und keiner kann es lesen."

Emilia wirft der Limonade trinkenden Nika ein verstohlenes Lächeln zu.

„Dann solltest du das Buch immer gut verstecken."

„Nicht nötig", antwortet Emilia stolz. „Ich schreibe in meiner Geheimschrift. Die hab ich mir selbst ausgedacht!"

„Wow, das ist schlau!"

„Ich habe sie mir ausgedacht, als meine Freundin Lea gestorben ist. Jetzt ist das Tagebuch meine Freundin. Und natürlich Klaus, der ist mein bester Freund. Er wartet immer vor dem Haus, wenn ich aus der Schule komme. Nachts schläft er bei mir im Bett."

Nika fragt bestürzt: „Deine Freundin ist gestorben? Woran denn?"

„Weiß nicht. Sie war bei der Impfung und dann war sie ein paar Tage später tot", antwortet Emilia und bricht in Tränen aus. „Bitte mach, dass sie mich nicht impfen! Nächste Woche soll ich auch die Spritze kriegen!"

Nika legt ihren Arm um die Schulter des Mädchens und zieht es an ihre Seite: „Ja, weine! Lass alles raus. Das ist gut."

„Lea!", schluchzt die Kleine. „Ich will, dass Lea wiederkommt!"

Nika weint lautlos mit, während Kater Klaus sein schattiges Plätzchen verlässt und zu den beiden tapst. Mit einem kläglichen Miau reibt er sich an Emilia und klettert auf ihren Schoß. Dann stupst er ihr nasses Gesicht mit seiner rosa Nase an.

„Guck mal, da ist einer, der dich trösten möchte", bemerkt Nika.

„Hallo Klaus", heult Emilia.

Das treue Tier bäumt sich auf ihren Oberschenkeln auf und legt seine Vorderpfoten auf ihre schmalen Schultern. Klaus miaut noch lauter und Emilia schließt ihn in ihre Arme. Der Kater lässt es mit sich machen.

„Was für ein Zauberkater!", kommentiert Nika die Umarmung zwischen Kind und Katze. Minutenlang kuschelt sich Klaus an das Mädchen, dessen Tränen hinter beschlagenen Brillengläsern langsam versiegen. Nika schweigt, bis sich Emilia beruhigt und ihr vierbeiniger Freund sich aus ihren Armen gelöst hat.

„Du, Emilia, ich glaube, ich weiß, wie ich dich jetzt aufheitern kann", sagt sie.

Klaus springt in ein Blumenbeet und lauert vor einem Rosenbusch. Emilia wischt sich mit dem Rockzipfel ihres Kleides die Brille ab und fragt: „Wie denn?"

„Ich könnte dir Schwimmen beibringen", schlägt Nika vor.

„Hä? Ist doch gar kein Wasser im Pool!"

Nika betont: „In deiner Fantasie ist alles möglich! Wenn du dir vorstellst, dass da Wasser im Pool ist, dann ist es so."

„Wirklich?"

„Alles beginnt in deiner Fantasie! Alle schönen Dingen, die in deinem Leben passieren, hast du dir irgendwann mal vorgestellt, oder? Auch deine Geheimschrift. Am Anfang war sie nur ein Gedanke und dann hast du sie zu Papier gebracht."

Emilias Augen leuchten wieder auf: „Stimmt! So hat mir das noch keiner von den Großen erklärt."

„Weil sie euch Kindern in der Schule lieber unnützes Zeug beibringen", seufzt Nika. „Aber jetzt lass uns erst mal schwimmen."

Das Mädchen und die Besucherin erheben sich vom Beckenrand und Emilia führt ihren Gast zu der Treppe an der abgeflachten Seite des Pools.

Nika steigt als Erste die Stufen hinab, reicht Emilia die Hand und sagt: „So, nun pass mal auf. Schwimmen ist ganz einfach."

Sie macht Armbewegungen wie beim Kraulen, zieht die Füße hoch zu den Kniekehlen und gibt Instruktionen: „Streck deinen rechten Arm ganz weit vom Kopf weg und tauch ihn ins Wasser. Dann machst du das genauso mit dem linken Arm. Tu es so, wie ich es dir zeige."

Emilia imitiert die Bewegungen und meint: „Das kann ja jedes Baby!"

Nika antwortet verschmitzt: „Sag ich doch! Und achte auch auf die Beine. Wirf erst das rechte Bein hoch und dann das linke. Und atme! Schön kräftig und tief in die Lunge!"

Emilia schnappt nach Luft, während ihre Gliedmaßen wild um ihren Rumpf wirbeln.

Nika kommentiert: „Ja, schon ganz gut. Und jetzt noch ein bisschen koordinierter schwimmen, dann ist es perfekt."

„Das kann ich nicht!", mault Emilia.

„Doch, das kannst du! Versuch es langsamer und atme ruhiger. Mach dich vor allem locker."

„Mein Sportlehrer findet auch, dass ich lockerer sein soll."

Nika sagt: „Wo er Recht hat, hat er Recht. Also los!"

Seite an Seite kraulen die beiden durch den leeren Swimmingpool, der immer tiefer abfällt und vor einer Wand mit hellblauen Fliesen endet.

Vor der Mauer klatscht Nika in die Hände und lobt Emilia: „Herzlichen Glückwunsch! Du hast es geschafft. Du bist durch den ganzen Pool geschwommen!"

„Ich könnte noch viel, viel weiter schwimmen! Nach Amerika oder nach Australien!", freut sich Emilia.

Nika klopft ihr auf die Schulter: „Dann stell es dir vor!"

„Glaubst du, das geht auch ohne Impfung?", wendet das Mädchen ein.

„Ja, mit gesunder Ernährung und einem starken Immunsystem", erwidert die Schwimmlehrerin, während sie Emilia hochhebt, damit sie über die Leiter aus dem Becken steigen kann. Nika zieht sich mit der Kraft ihrer Arme nach oben und Emilia fragt sie erwartungsvoll: „Spielen wir jetzt noch was zusammen? Wenn du willst, zeige ich dir meine Geheimschrift."

„Geht leider nicht. Mein Mann wartet zu Hause. Ich muss los."

Emilia jammert mit enttäuschter Miene: „Geh nicht weg! Ich bin immer nur alleine!"

Nika streicht ihr übers Haar. „Ich kann ja morgen wiederkommen. Und bis dahin passt Klaus auf dich auf."

Emilia zieht einen Schmollmund. „Ihr Erwachsenen habt nie Zeit!", protestiert sie laut.

„Emilia, ich habe meinen Mann vorhin alleine gelassen und gerade kein Handy bei mir. Der hat null Ahnung, wo ich stecke."

Die Kleine stößt einen Seufzer aus: „Okay. Aber wenn du morgen wiederkommst, bringst du mir meine zwei Euro für die Limonade mit."

„Versprochen. Darf ich nun gehen?"

Emilia erwidert: „Mach doch. Ist ja kein Gefängnis hier! Oder bist du etwa nicht frei?"

Nika lächelt verhalten und fragt: „Bist du sauer auf mich?"

„Nein", kontert das Kind bockig.

Die Schwimmerin klopft ihm noch einmal auf die Schulter und verabschiedet sich: „Wiedersehen, Emilia."

Dann eilt sie in das Gebüsch, aus dem sie aufgetaucht ist. Als hinter ihrem Rücken die Federung des Einmeterbretts losdonnert, rennt sie aufgewühlt zurück. Emilia hüpft auf und ab, unter ihren Füßen über drei Meter Tiefe bis zu den harten Fliesen.

Nika brüllt: „Hör auf! Komm da sofort runter!"

Emilia hält inne und starrt sie verdutzt an. „Was? Glaubst du wirklich, ich bin so doof und springe? Im Pool ist doch kein Wasser!"

Nika reagiert mit einem Seufzer der Erleichterung: „Puh! Was bin ich froh, dass du Fantasie und Realität unterscheiden kannst!"

„Tschüss, Angsthase! Bring mir morgen meine zwei Euro vorbei!", krakeelt Emilia und ihr helles Kinderlachen untermalt Nikas zügigen Abgang aus dem Garten.

Leon

Ein Polizeiwagen in Regenbogenfarben schleicht mit Blaulicht durch das Villenviertel. Die Sirene bleibt stumm und der Elektromotor gibt ein leises Zischen von sich. Fast wie ein Windhauch, der sich mit dem Vogelgezwitscher in den Gärten vermischt. Im Auto der Ordnungshüter spähen zwei schwarzuniformierte Männer nach allen Seiten. Im Schritttempo passieren sie den violett blühenden Fliederbusch, hinter dem sich Nika in geduckter Haltung versteckt.

Als sich die Polizei entfernt hat, huscht sie zurück auf den Weg und verschwindet im nächsten Garten. Er gehört zu einer eingeschossigen hellgelben Villa im Bungalow-Stil. Die Frau im Bikini flitzt zum Swimmingpool hinter dem Haus.

In einem Liegestuhl auf der Terrasse sonnt sich ein Mann, dessen gebräunte Haut goldig in der Sonne glänzt. Er trägt eine schwarze Badehose und eine gespiegelte Retro-Sonnenbrille.

Unter der dunkelblauen Markise über der Terrassentür steht ein silberner Barwagen, der mit Cognac, Tequila, Wodka und diversen Fruchtlikören bestückt ist. Auf dem Beistelltisch neben dem Liegestuhl schimmert goldene Flüssigkeit in einem kelchförmigen Glas.

Der Mann zuckt zusammen, als Nika ihn mit den Worten „Hallo Leon" begrüßt. Er fährt sich mit den Fingern durch sein dunkelbraunes Haar, nimmt seine Sonnenbrille ab und antwortet stirnrunzelnd: „Nika? Was willst du denn hier?"

„Dich noch mal sehen", sagt sie sanft.

„Aha. Gut, du hast mich gesehen. Und jetzt kannst du auch gleich wieder gehen!", erwidert Leon kalt.

Nika setzt sich an den Beckenrand und taucht ihre Füße und Unterschenkel ins Wasser. „Du bist wohl immer noch sauer auf mich", redet sie zärtlich auf ihn ein. „Kann ich verstehen. In letzter Zeit habe ich viel über mein Verhalten von damals nachgedacht."

Leon lacht sarkastisch: „Du machst dir jetzt Gedanken, nachdem dir dein heißgeliebter Thomas den Laufpass gegeben hat? Soll ich Mitleid haben, weil du allein auf weiter Flur stehst und keiner mehr deine Musik hören will?"

Nika rechtfertigt sich ruhig: „Glaubst du wirklich alles, was sie über mich schreiben? Das Regime und seine Henker werden nicht müde, mich mit Dreck zu bewerfen."

„Selbst schuld", entgegnet Leon spöttisch. „Werde einfach mal erwachsen."

Nika schaut ihn liebevoll an und seufzt: „Ja, ich bin schuld. Ich war es, die dich einen Monat vor der

Hochzeit verlassen hat. Ich war ein mieses, egoistisches Arschloch!"

„Das kannst du wohl laut sagen! Sonst noch was?"

„Je länger ich mit Thomas zusammen bin, desto mehr bereue ich, was ich dir angetan habe. Ich möchte mich einfach nur entschuldigen."

Leon springt aus seinem Liegestuhl und bäumt sich vor Nika auf, die Hände in die Seiten gestemmt: „Erst Dolce Vita beim Videodreh in Kroatien, dann ein bisschen Sex im Hotel und am nächsten Morgen deine berühmte Trennungs-SMS. Das war krank, Nika! Und noch viel kränker finde ich es, dass du nach all den Jahren halbnackt auf meinem Grundstück aufkreuzt!"

Leon leert sein Glas in einem Zug, geht zum Barwagen und schenkt sich einen Cognac ein.

„Darf ich auch einen haben?", fragt Nika.

„Nein. Ich möchte, dass du von hier verschwindest. Ich erwarte nämlich Besuch."

„Damenbesuch?"

„Ja, stell dir vor! Auch mein Leben geht weiter", sagt Leon und schluckt seinen Drink auf Ex.

Nika steht auf, macht einen Schritt auf ihn zu und antwortet: „Ich habe dich mal aufrichtig geliebt."

Leon packt sie am Arm: „Was weißt du denn von Liebe? Du kannst nur schlecht darüber singen. Erspar uns beiden bitte dieses Schmierentheater!"

Nika betont: „Doch. Ich habe dich geliebt. Und ja, ich habe einen Fehler gemacht, weil Menschen nun mal dazu neigen. Kannst du mir denn gar nicht verzeihen?"

Leon löst den Griff: „Okay, ich verzeihe dir. Sonst noch was?"

„Das klingt nicht sehr überzeugend", meint Nika. „Du bist immer noch verletzt."

Sie streckt ihre Hand nach ihm aus, ihre Fingerspitzen streifen seine Haut und er wehrt ab: „Hör auf, mich zu verarschen!"

„Du hast mich doch auch geliebt!", reagiert Nika. „Warum bist du nur so emotional?"

Leon sieht sie mitleidvoll an und legt einen Arm um ihre Schulter: „Arme Nika! Der Verlust deiner Karriere hat dir schwer zugesetzt. Wahrscheinlich hast du neulich aus der Presse erfahren, dass Thomas Vater wird."

Nika starrt ihn an: „Blödsinn! Es geht hier gerade nicht um Thomas, sondern um uns und unsere gemeinsame Vergangenheit."

„*Uns?* Uns gibt es schon lange nicht mehr. Alles, was wir hatten, musstest du mit Füßen treten, weil dir ein Video-Schwurbler an der schönen blauen

Adria schöne Augen gemacht hat. Ja, vielleicht wäre ohne Corona alles so nett weitergegangen zwischen euch. Vor allem ohne deine speziellen Ansichten zum Pandemie-Geschehen!"

Nika beteuert: „Das C-Thema hat überhaupt nichts mit unserer Geschichte zu tun! Erinnerst du dich noch an unsere Reisen? An unsere tiefgründigen Gespräche? An unsere Koch-Sessions und die Jahre voller Zärtlichkeit? Wir wollten heiraten und ich hätte es sicher getan, wäre mir nicht zufällig Thomas über den Weg gelaufen!"

Leon fragt mit einem zynischen Unterton: „Wie konnte er es schaffen, uns zu trennen, obwohl dir unsere Beziehung angeblich so viel bedeutet hatte? Immerhin hattest du schon ein Vermögen in dein Brautkleid investiert."

Nika erzählt: „Die Umgebung war ein Traum. Grüne Inseln und türkis leuchtendes Meer. Es roch so wunderbar nach Rosmarin und Kiefern! Im Sonnenuntergang kam Romantik auf und eines Abends ..."

Ihre Stimme bricht ab und Leon spricht den Satz zu Ende: „Und eines Abends bist du halt mit Thomas im Bett gelandet."

„Ja, ich war schwach! Er hat einfach diese diabolische Art, Frauen um den Finger zu wickeln."

Leon hakt nach: „Warst du so gelangweilt von mir, dass ihm das dermaßen leicht gelungen ist? Wäre es bei einem One Night Stand geblieben, hätte ich dir vielleicht verziehen. Aber weshalb sollte ich? Du hast doch Schluss gemacht für den ach so geilen Sex!"

„Es ging doch nicht nur darum!", behauptet Nika. „Thomas und ich sind auf künstlerischer Ebene stark verbandelt. Es gibt aber auch Bereiche, in denen es knirscht."

Leon sagt verächtlich: „Sind wir hier bei 'Wünsch dir was'? Du hast deine Entscheidung getroffen. Also hör auf, alte Wunden aufzureißen."

Nikas Augen blitzen auf: „Ich reiße alte Wunden auf? Heißt das etwa, du liebst mich immer noch?"

„Selbst wenn, ist es Zeitverschwendung, darüber zu diskutieren."

Leon setzt sich wieder in seinen Liegestuhl, legt seine Ellenbogen auf die Knie und stützt seinen Kopf auf den Händen ab. Ratlosigkeit spiegelt sich in seiner Miene wider. Nika tritt an ihn heran und krault ihm den Nacken.

„Ich hätte alles wiedergutmachen können", sagt sie leise.

Er steht auf und antwortet entschlossen: „Ich fahre dich jetzt nach Hause. Wird Zeit, dass du zurück in deine Villa kommst!"

„Nein, bitte nicht!", sträubt sich Nika. „Das geht nicht. Was soll denn Thomas denken, wenn du da auf der Matte stehst?"

Leon greift nach seinem Badetuch und legt es ihr um die Schultern. „Ist wirklich alles in Ordnung mit dir? Ich könnte dich auch zum Arzt fahren."

„Zum Arzt? Damit sie mir gleich am Eingang die Impfspritze verpassen? Ich bin kerngesund und superfit, Leon!"

Nika reißt sich das Badetuch vom Leib und wirft es in den Liegestuhl. Dann klettert sie in den Swimmingpool.

„Was soll das denn werden?"

Sie streckt ihm die rechte Hand entgegen und bettelt ihn an: „Komm her! Lass uns nur eine Bahn zusammen schwimmen. Wenn wir fertig sind, werde ich endgültig aus deinem Leben verschwinden."

Er schüttelt den Kopf: „Du bist verrückt und verdammt melodramatisch! Das steht dir nicht, Nika."

„Früher meintest du, dass ich die Liebe deines Lebens wäre. Ja, Leon, das waren deine Worte!"

„Das war eine Lüge!", ruft er. „Alles nur Einbildung in meinem jugendlichen Leichtsinn! Und ja, du musstest mich wohl für Thomas verlassen, damit ich die bittere Wahrheit kapiere!"

„Nein, Leon, das war Liebe zwischen uns! Du hast es so oft gesagt!"

„Vergiss es und hau endlich ab!"

Nika ruft ihm zu: „Wir waren so lange glücklich!"

„Sei ruhig!"

Leon wendet sich mit schmerzverzerrtem Gesicht ab und stürzt sich auf seine Minibar. Während er sein Glas mit Wodka füllt, krault Nika ans andere Ende des Schwimmbeckens. Ohne sich noch einmal umzudrehen, stemmt sie ihren Körper auf die Steinplatten, richtet sich auf und flüchtet aus Leons Garten.

Zweite Begegnung mit Mona und Tim

Nika trottet mit hängenden Mundwinkeln und Schultern den Bürgersteig entlang. Hier und da parken Luxuskarossen in den Einfahrten der Villen, doch von deren menschlichen Besitzern fehlt jede Spur. Als ein blauer BMW SUV neben der Frau im Bikini stoppt, schaltet sie um zu einem zaghaften Lächeln. Die Seitenscheibe am Beifahrersitz wird automatisch heruntergefahren. Aus dem Auto blickt eine filmreif geschminkte Mona, deren blondes Haar zu einer wallenden Lockenpracht frisiert ist.

„Hey Nika, können wir dich irgendwohin mitnehmen? Ich dachte, du wärest längst zu Hause", ruft sie durchs Fenster.

„Wohin fahrt ihr denn?"

Mona offenbart: „Zu einer Poolparty."

Nika öffnet sich prompt die Wagentür und gleitet auf den schwarzen Rücksitz mit Lederbezug: „Perfekt! Ich komme mit."

Tim, der in einem blauen Smoking am Steuer sitzt, antwortet: „Ich glaube, das ist keine gute Idee."

„Wieso nicht?", will Nika wissen.

„Nun ja, als Impfärztin vom Teufelsberg bin ich heute Ehrengast beim Gesundheitsminister und die musikalische Unterhaltung von Sandra Corona willst du dir sicher auch nicht antun", gesteht Mona wie ein Kind, das seiner Mutter ein Missgeschick beichtet.

Nika bricht in Gelächter aus: „Das ist wirklich schräg, Mona! Aber weißt du was, ich wollte schon immer mal beim Gesundheitsminister und seinem attraktiven Ehemann planschen gehen!"

„Nika, bitte nicht! Die stecken dich gleich ins Quarantänelager, wenn du dich da blicken lässt", wehrt Mona ab.

„Doch! Die 4,125-Millionen-Euro-Villa liegt zufällig auf meinem Nachhauseweg. Ich wäre da sowieso heute noch baden gegangen", meint Nika. „Also fahr schon los, Tim!"

Monas Mann erwidert: „Nein, steig jetzt aus! Das ist doch Selbstmord, erst recht in deinem Aufzug."

„Habt ihr meinetwegen Angst um euren guten Ruf? Mona, glaubst du, dass du morgen deinen Job als Impfärztin verlierst? Ich bin selbst für meine Taten verantwortlich und ihr für eure."

Mona flüstert Tim zu: „Komm, fahr los. Diskussionen bringen nichts."

„Aber die kann doch nicht einfach so im Bikini ..."

„Was kann ich nicht, Tim?", fragt Nika. „Der Thomas-Fluss fließt durch den Garten des Gesundheitsministers. Wenn ich diesen Part weglasse, ist der Fluss unterbrochen."

Mona sagt: „Da hörst du es. Was Nika sich in den Kopf gesetzt hat, zieht sie knallhart durch. Das war schon immer so."

Tim schüttelt den Kopf: „Aber das ist doch balla-balla, freiwillig in die Höhle des Löwen zu wollen!"

„In die Hölle!", kommentiert Nika aufmüpfig. „In diesem Fall heißt es *Hölle* statt Höhle. Die nächsten Tage werde ich euch zum Essen einladen, wenn ihr mich heute als eure Begleiterin mitnehmt."

Tim seufzt: „Auf deine Verantwortung. Aber wir haben nichts mit deinen kindischen Spielchen zu tun, okay? Buchten sie dich ein, hast du selber Schuld!"

„Ich glaube, du hast noch nicht ganz verstanden, wer von uns beiden eingebuchtet ist", sagt Nika kühl.

Mona räuspert sich: „Fahren wir."

Tim setzt den Wagen in Bewegung und meint „Darüber sollten wir uns später noch mal unterhalten, Schatz."

„Und brecht bloß meinetwegen keinen Ehekrach vom Zaun", mischt sich Nika ein.

Mona antwortet: „Wieso? Alles gut zwischen uns."

„Wahrscheinlich scheitert deine Mission eh an den Türstehern", sagt Tim.

„Schauen wir mal", murmelt die Frau auf dem Rücksitz.

Bis zum Ende der Fahrt schweigen alle drei.

Die Poolparty

Tim bremst neben einer Hecke in einer schmalen Seitenstraße mit Kopfsteinpflaster-Belag. Er beugt den Kopf nach hinten und sagt: „Noch kannst du abzischen, was ich an deiner Stelle schleunigst tun würde."

„Danke für den gut gemeinten Rat", erwidert Nika. „Bitte respektiere meine Entscheidung."

Mona spricht zu ihrem Mann: „Lass sein. Ich regele das."

„Du bist eine wahre Freundin", antwortet Nika leicht ironisch.

„Tja, wenn das die Seligkeit für dich ist ..."

Mona klingt genervt. Dann sagt sie zu Tim: „Na los. Auf zur Villa."

Die Räder rollen wieder und kommen nach etwa 200 Metern neben einer Sprechanlage zum Stoppen. Installiert ist sie vor einer grauen Mauer, die so hoch ist, dass die Welt dahinter für Außenstehende verborgen bleibt. Tim fährt die Seitenscheibe herunter und drückt auf den silbernen Knopf an der Sprechanlage.

Eine metallische Computerstimme meldet sich: „Bitte nennen Sie die Namen, die auf der Gästeliste vermerkt sind."

„Mona Baum und Tim Bauer", ruft Tim aus dem Auto.

„Bitte scannen Sie Ihren persönlichen QR-Code", erhält er die nächste Anweisung.

„Den habe ich auf meinem Handy", sagt Mona und zieht ihr Smartphone aus der Handtasche. Als sie sich auf dem Touchscreen bis zum Party-Code gewischt hat, überreicht sie das Handy ihrem Mann, der es gegen die Sprechanlage hält.

„Einlass gewährt", gibt die Computerstimme den Weg frei.

Eine automatische schwarze Schiebetür in der Mauer wird surrend zur Seite gefahren.

„Das wirkt ziemlich knastmäßig", kommentiert Nika die Vorrichtung.

Schweigend fährt Tim weiter und Mona sagt: „Wahrscheinlich wirst du bald froh sein, wenn du aus diesem Knast wieder draußen bist."

„Frei ist der Mensch, der seine Ängste im Griff hat", murmelt Nika.

Hinter dem Tor verbirgt sich ein langer Kiesweg, der vor einem palastartigen Refugium in Altrosa endet. Auf dem Dach weht eine Regenbogenfahne. Vor der Villa stehen bereits mehrere Sportwagen, Limousinen und SUVs; Tim reiht sich in den Fuhrpark ein und sagt dabei zu Nika: „Sei am besten mucksmäuschenstill, schwimm deine Bahn und mach, dass du weg kommst. Halte vor allem ein bisschen Abstand zu uns."

„Ja, ja", sagt Nika beim Aussteigen. Dann macht sie ihrer Freundin ein Kompliment: „Dein Kleid sieht toll aus. Blau steht dir super und die Frisur – einfach der Hammer!"

Mona beäugt Nikas Bikini und deren nasses Haar mit kritischem Blick. „Meine Stylistin hätte ich dir heute gerne mal ausgeliehen."

„Schon gut, Mona. Und herzlichen Dank, dass du mich mitnimmst."

„Du verrücktes Huhn", erwidert die Frau im kurzen blauen Cocktailkleid.

Vor dem Eingangsportal warten zwei kahlköpfige Türsteher in grauen Anzügen. Sie tragen blaue OP-Masken und Armbinden in Regenbogenfarben.

„Guten Abend", begrüßen Nika, Mona und Tim die Herren fast wie aus einem Mund.

„Halt! Wen haben Sie da mitgebracht?", antwortet der Linke im Befehlston.

Mona erklärt: „Das ist meine Freundin, die bekannte Sängerin Nika. Ich habe sie als meinen persönlichen Gast mitgebracht."

„Da siehst du es, das hat doch keinen Zweck", wendet Tim nervös ein.

„Steht die Dame auf der Gästeliste?", fragt der rechte Türsteher.

„Nein, aber es ist mein gutes Recht, meine alte Freundin als meine Assistentin zu engagieren. Würden Sie uns bitte Einlass gewähren? Schließlich bin ich hier Ehrengast."

„Nein. Wir haben die Anweisung, nur geladene Gäste zu empfangen."

„Wissen Sie eigentlich, wer ich bin? Ich bin Mona Baum, die TV-Ärztin aus dem angesagten Impfzentrum am Teufelsberg. Ihr Chef und sein Ministerium finanzieren meinen Job, für den mich Millionen von Menschen in diesem Land lieben. Wenn Sie jetzt meine Freundin nicht über diese Schwelle treten lassen, werde ich mir überlegen, ob ich die Rolle in Zukunft weiter spiele!"

Tim protestiert: „Mona!"

Nika grinst.

„Schon gut, lass Frau Baum und ihre Begleiter rein", sagt der linke Türsteher zu seinem Kollegen.

„Vielen Dank", antwortet Mona souverän.

Nachdem die drei die beiden Maskierten hinter sich gelassen haben, flüstert sie Nika zu: „Weißt du eigentlich, wie ich gerade innerlich geschlottert habe?"

„Echt? Hat man dir gar nicht angemerkt. War übrigens ein klasse Auftritt von dir."

Mona betont: „Mädel, ich bin Schauspielerin!"

„Eine zu gute", seufzt Tim.

Der helle Marmorfußboden in der lichtdurchfluteten Eingangshalle blitzt und glänzt. Darüber liegt ein roter Teppich, der die Gäste bis zur weit geöffneten Terrassentür lotst. Musik und Stimmengewirr schallen aus dem Garten in die Villa. Messingsäulen und eine mit Samt überzogene dunkelblaue Absperrkordel trennen die noble Schleuse von den Privatgemächern des Gesundheitsministers, der von einem riesigen Ölgemälde auf die Gäste hinabschaut. Das Bildnis zeigt ihn mit Krone und purpurrotem Königsmantel in einem Schlossgarten. Der Mund grinst verschlagen und auf seiner Brille spiegelt sich das Licht einer goldenen Sonne.

Nika gibt einen Kommentar ab: „Guckt mal, ist das nicht schrecklich? Was will er mit diesem Bild wohl kompensieren?"

Mona und Tim lachen in sich hinein; der Ehrengast antwortet hinter vorgehaltener Hand: „Sag das besser nicht so laut."

Jedes Wort hat in der hohen Halle mit der weißen Kuppel einen Nachhall. Zur zweiten Etage führt eine geschwungene offene Marmortreppe und an der Balustrade hängt eine überdimensionierte Regenbogenfahne.

Während Nikas Blick dorthin schweift, bemerkt sie: „Der Regenbogen ist das neue Hakenkreuz. Ist euch schon mal aufgefallen, dass in dieser vom Regime missbrauchten Flagge das Indigoblau fehlt? Indigoblau, die Farbe der Intuition!"

Tim stöhnt genervt und Mona ermahnt sie: „Sei endlich ruhig!"

Nika scherzt: „Hauptsache, du trägst ein Indigo-Kleid! Vielleicht überträgt sich das auf dein Kind."

Mona setzt ein angespanntes Lächeln auf.

Vor der Schwelle zur Terrasse steht eine kurzhaarige Platinblonde in einem weißen Kostüm. Ihr Gesicht ist blass geschminkt, die Augen wirken grau unterlaufen. Eine weiße Maske bedeckt ihren Mund und ihre Nase. In ihren schmalen Händen hält sie ein Silbertablett, auf dem durchsichtige Röhrchen sternenförmig angeordnet sind.

„Willkommen", begrüßt sie die drei mit männlicher Stimme. „Wünschen Sie ein Test-Set?"

„Ich fasse es nicht!", platzt es aus Nika heraus. „Der Pestminister zwingt seine elitären Freunde zum Corona-Test!"

Tim rügt sie mit dem Tonfall eines Oberlehrers: „Ruhe!"

„Dies ist kein Corona-Test!", antwortet das androyne Wesen und hält Nika das Tablett vor die Nase.

Sie nimmt ein Röhrchen, betrachtet es prüfend von allen Seiten und stellt fest: „Nee, das ist Kokain!

Oder wollt ihr mir weismachen, dass ihr Mehl und Backpulver verteilt?"

„Beste Qualität", meint der*die Tablett-Träger*in.

„Nein, danke. Ich bin schwanger", weigert sich Mona, während ihr Mann zügig ein Röhrchen in der Seitentasche seines Sakkos verschwinden lässt und dann beide vor Nika ins Getümmel flüchten.

Auf der Terrasse ist opulentes Buffet angerichtet. Über einer goldenen Schale voller Beluga-Kaviar thront ein strahlend roter Hummer. Um ihn herum stehen bunte Obstkörbe mit exotischen Früchten, vegane Wraps, Salatschalen, Käse-Spezialitäten, Fleischplatten, Brotkörbe, Torten- und Dessert-Berge. Zwischen alledem sprudelt eine Schokoladenfontäne. Pompös herausgeputzte Gäste füllen ihre Teller und plaudern eng nebeneinander, in ihr Festmahl und die Konversationen vertieft. Derweil servieren maskierte Kostümträgerinnen Champagner und Orangensaft. Sie gleichen der Röhrchen-Verteilerin an der Terrassentür bis ins kleinste Detail. Nika nimmt sich ein Glas Saft und fragt: „Seid ihr eigentlich Klone oder Roboter?"

„Bitte wiederholen Sie Ihre Frage. Ich habe den Input nicht verstanden."

Die männliche Stimme klingt blechern und monoton.

Nika schlussfolgert: „Also Roboter."

Dann geht sie zum Buffet, nimmt sich einen Teller und belädt ihn mit einem Mix edler Köstlichkeiten. Während sie sich mit den Händen das Essen in den Mund stopft, schleicht sich Dennis von hinten an sie heran. Seinen Kimono hat er gegen einen schwarzen Herrenrock und ein kornblumenblaues Seidenhemd ausgetauscht.

Ausgelassen begrüßt er Nika: „Ist das denn die Möglichkeit, dass wir uns so schnell wiedersehen! Komm, lass dich mal drücken."

Sie redet mit vollem Mund: „Ich esse gerade."

„Süße, du scheinst ja ganz schön Appetit zu haben."

„Klar. Habe seit dem Frühstück nichts mehr gegessen und war zwischendurch ganz schön sportlich", sagt sie und lässt einen Avocado-Wrap in ihren Mund wandern.

„Warum bist du denn vorhin so schnell abgehauen? Ich wollte doch noch Cocktail mit meiner lieben Nika schlürfen", antwortet Dennis und legt seinen rechten Arm um ihren Rücken.

Nika antwortet kauend: „Das hätte aber meine Tagesplanung durchkreuzt."

„Und was machst du jetzt ausrechnet hier? Hast du keinen Schiss in deiner Situation?", bohrt Dennis weiter.

„Wovor? Dass der Gesundheitsminister mich mit Watte bewirft?"

Sie lacht und verschluckt sich. Dennis klopft ihr auf den Rücken und meint: „Der war gut!"

Er kichert, Nika hustet und fragt: „Und was hat dich in diese illustre Gesellschaft verschlagen?"

„Mein Mann. Keine Ahnung, ob du das schon weißt. Eddy macht jetzt das Design für die Ordnungsstaffel. Also für die Uniformen. Zum Gähnen langweilig!"

Schelmisch grinsend verdreht Dennis die Augen.

Nika seufzt: „Ja, ich weiß. Leider weiß ich es seit heute! Er hat es mir vorhin selbst erzählt."

„Ach, Süße, Eddy sollte endlich wieder Outfits für dich entwerfen. Dann brauchst du auch nicht mehr den ganzen Tag im Bikini rumzurennen. Ich könnte dir die Haare schön machen. Deine Spitzen müssten übrigens mal wieder geschnitten werden."

„Stimmt, Dennis. Chlor greift die Haare an. Vor allem heute, wo ich nur am Schwimmen bin."

„Warum eigentlich?"

Nika erklärt: „Neulich hat mich ein alter Film dazu inspiriert. Ich schwimme durch den Thomas-Fluss nach Hause. Zufällig fließt er durch diesen Garten."

Dennis lacht dreckig: „Du willst bei der Schwester vom Gesundheitsministerium planschen gehen?!

Ernsthaft? *Du* solltest hier singen und nicht Sandra Corona!"

„Nicht für eine Million Euro würde ich das tun!", weigert sich Nika.

„Süße, die Sandra kassiert aber heute eine Million für den Gig", antwortet Dennis und Nika kontert prompt: „Die Bitch!"

„Neidisch?"

Nika sagt gelassen: „Nein. Mein Gewissen ist mir mehr wert als von der Zentralbank gedrucktes Spielgeld. Ich zitiere nur meine Backgroundsängerin. Die bezeichnet Sandra als Bitch."

„Zumindest singt sie für uns Schwule", meint Dennis.

„Ja, und meine Backgroundsängerin ist lesbisch."

„Ah, welche denn?"

„Mein Geheimnis", sagt Nika.

Eddy, der in der Zwischenzeit in einen roten Anzug geschlüpft ist, gesellt sich mit einem Teller voller Schnitzel und Buletten zu den beiden.

„Was zur Hölle machst du denn hier?", fragt er Nika. „Wie bist du hier reingekommen?"

Spöttisch gibt sie ihm Auskunft: „Ich habe das große Glück, die Impfärztin vom Teufelsberg zu kennen. Warum du hier bist, brauchst du mir nicht mehr zu erklären."

Eddy atmet tief ein, öffnet den Mund, doch Dennis funkt dazwischen: „Schatz, du frisst zu viel Fleisch."

„Weil du so selten Fleischiges auf den Tisch bringst", meckert Eddy und beißt beherzt in eine Bulette.

„Okay, Jungs", sagt Nika. „Ich schaue mir jetzt den Pool an."

Von der Terrasse führt eine breite Steintreppe in den Garten, in dem üppige Rosen in Rot, Gelb, Rosa und Weiß blühen. Weiße und violette Fliederblüten verströmen ihren lieblichen Duft, während sich die Gesprächsfetzen der glamourös gekleideten Gäste zu einem Brei vermischen:

„Sollen sich mal alle spritzen lassen! Am besten bis zum Umfallen!"

„Corona ist ein Gottesgeschenk. Für uns! Hahahaha!"

„Zehnfache Provision für den fünften Booster-Shot!"

„Ab ins Quarantänelager mit den ungeimpften Querulanten!"

„Abschaum, diese gespritzten Lemminge! Aber ist das nicht geil, dass die alles glauben?"

Nika stellt ihr leeres Glas auf der Steinbalustrade der Terrasse ab und steigt die Stufen hinab. Unten erwartet sie ein Roboterwesen mit einem Champagner-Tablett. Sie schnappt sich ein Glas, nippt daran und schaut sich um. Vor der überdachten Bühne stecken Politiker, Musiker, Sportler und TV-Stars die maskenlosen Häupter zusammen, lachen, betätscheln sich und plaudern ungezwungen. Der für sein Schandmaul bekannte Komiker Olaf Klopfer hat sich zu Mona und Tim gesellt. Während der Blondschopf beim Erzählen ausschweifende Gesten macht, lächeln die beiden zaghaft und nicken mit den Köpfen.

Nika tritt mit dem Champagnerglas in der Hand an das gigantische runde Schwimmbecken heran. Sie trinkt aus und wirft das Glas ins Wasser. Als sie zum Sprung ansetzt, schreitet ein Mann mit kurzen braunen Locken im Klang einer Fanfare auf die Bühne. Nika bleibt stehen und starrt in seine Richtung. Der Gesundheitsminister trägt einen cremefarbenen Anzug und schwarze Lackschuhe. Ein Grinsen überzieht sein kastiges, bebrilltes Gesicht. Auf seiner hohen Stirn perlt sich Schweiß.

Ein Tontechniker überreicht ihm ein Mikrophon, dann beginnt der Minister zu sprechen: „Liebe Gäste, mein Ehemann Henning und ich begrüßen Sie ganz herzlich in unserem Garten. Genießen Sie die Köstlichkeiten auf dem Buffet, trinken Sie Champagner und lassen Sie uns einen unvergesslichen Abend miteinander verbringen. Wir haben heute viel zu feiern. Ganz besonders danken möchte ich deshalb als erstes unserem Sponsor BionCash, der unserem ausgewählten Kreis diesen phänomenalen

Aufschwung beschert hat. Die Elite, zu der wir alle gehören, hat dank der weltweiten Corona- und Impfkampagne ein neues Level erreicht. Mit dem Instrument der Kontrolle tun wir seit 2020 Gutes für uns und die gesamte Menschheit. Sie alle sind Teil dieses Wandels, den wir natürlich auch dem tatkräftigen Einsatz unserer Künstler zu verdanken haben. Das Bundesministerium für Gesundheit, das diese Serie finanziert, ist stolz auf 'Das Impfzentrum am Teufelsberg'. Sonntags um 18:50 Uhr lockt es jede Woche ein Millionenpublikum vor die Bildschirme. Das Erste Deutsche Fernsehen verzeichnet endlich wieder Rekord-Quoten wie zuletzt in den 80er Jahren des vorigen Jahrhunderts mit der Lindenstraße. Unter uns haben wir heute eine Frau, die mit ihrem Charme und ihrem herausragenden schauspielerischen Talent diesen Erfolg überhaupt erst möglich gemacht hat. Applaus für unseren Ehrengast, die bezaubernde Mona Baum!"

Mona wirft Kusshände ins Publikum, als sie von einer Fanfare begleitet auf die Bühne stolziert. Der Gesundheitsminister zeigt ihr ein breites Grinsen und übergibt ihr das Mikro.

„Hallo, ihr Lieben. Ich bin überwältigt!", begrüßt die Schauspielerin die Partygesellschaft. „Herr Gesundheitsminister, ich danke Ihnen von Herzen, dass Sie mir mit Ihrem Engagement für uns Künstler die Rolle meines Lebens ermöglicht haben. Ich liebe es so sehr, die Impfärztin Doktor Annalena Söderbach zu spielen! Jetzt möchte ich aber noch jemandem danken. Dem Mann, der immer an meiner Seite ist, der die Freuden dieses wundervollen Lebens mit mir teilt und mich tatkräftig bei allem unterstützt: meinem Ehemann Tim Bauer! Tim, du hast mir das allergrößte Geschenk gemacht. Ja, ich denke, ich kann es jetzt der Welt verkünden. Tim und ich werden Eltern!"

Während um sie herum Jubel ausbricht, bleibt Nika still. Keine Gefühlsregung zeigt sich auf ihrem Gesicht.

Der Minister nimmt Mona das Mikro aus der Hand und spricht: „Das sind wirklich fabelhafte Neuigkeiten, Frau Baum. Ich gratuliere Ihnen, dem werdenden Vater und … Natürlich meinem Ehemann Henning! Ja, liebe Gäste, auch wir erwarten Nachwuchs! Schatz, kommst du mal bitte auf die Bühne?"

Ein Dandy mit gegeltem braunen Haar und gepflegtem Vollbart stürmt im schwarzen Smoking an die Seite des Gesundheitsministers. Er strahlt übers ganze Gesicht und schnappt seinem Mann das Mikro aus der Hand: „Hallo, meine Lieben und herzlich willkommen! Ja, es ist wahr. Durch unsere wunderschöne Villa wird bald Kinderlachen tönen. Am 6. September werden wir Eltern eines kleinen Jungen. Häschen, du wirst der beste Papi der Welt. Ich liebe dich!"

Die Menge applaudiert, als sich die Männer küssen. Nika lacht so laut, dass sie sich erneut verschluckt. Dennis eilt herbei und klopft ihr auf den Rücken.

„Die zwei Schwestern sind echt saukomisch", kommentiert er das Geschehen auf der Bühne. „Der totale Witz für die ganze Gay-Szene!"

Nika hustet noch ein paar Male vor sich hin. „Comedy vom Feinsten", meint sie, als sie sich wieder gefangen hat. „Und nun bleibt die Frage: Wer von beiden wird den Satansbraten aus sich rauspressen?"

Dennis witzelt: „Eins ist sicher. Es wird eine Arschgeburt."

„Dennis!", platzt es aus der belustigten Nika heraus.

Henning bombardiert den Gesundheitsminister mit verliebten Blicken, nachdem er ihm das Mikro zurückgegeben hat. Mona steht immer noch an seiner Seite und scheint andächtig seiner nächsten Ansprache zu lauschen: „Leben wir nicht in der besten aller Zeiten? Im besten Land, das wir uns je erträumt haben? Was glauben Sie, liebe Gäste?"

„Ja!", schreit die Menge, in der Nika und Dennis sich lachend umarmen.

„Dankeschön! Im Laufe meiner Amtszeit als Gesundheitsminister habe ich immer mein Bestes dafür getan, neue Goldgruben für uns zu finden. 2017 standen wir am Abgrund und jetzt sind wir schon einen Riesenschritt weiter! Begrüßen wir nun unseren Stargast. Wir sind fast auf den Tag genau gleichaltrig und seit unseren frühen Zwanzigern auf Erfolgskurs. Sie ist die beste Sängerin unseres Landes, vierfache Mutter und eine der vielen engagierten Botschafterinnen unserer Impfkampagne. Ich bin ein großer Fan von ihr und freue mich, dass wir heute in meinem Garten ihre zauberhafte Stimme hören dürfen. Bühne frei für Sandra Corona und Band!"

„Bleib stark", sagt Dennis und legt einen Arm um Nika.

Grinsend erwidert sie: „Meinst du, dass mich das juckt?"

„Nee. Ich fände es nur scheiße, wenn du wegen dieser Hexe traurig oder frustriert wärest."

„Ach, lass sie doch ein bisschen Show machen. Jedem Tierchen sein Plaisirchen", antwortet Nika.

Der Gesundheitsminister, Henning und Mona räumen die Bühne für eine blonde Frau mit grünen Katzenaugen, der vier Männer in grauen Anzügen folgen. Alle außer Sandra Corona bedecken ihre Gesichter mit weißen FFP2-Masken. Am rechten Ärmel tragen die Musiker eine Armbinde in Regenbogenfarben. Sandra schmückt ihr fransiges Haar mit einem spitz zulaufenden schwarzen Hut. Für ihren Eine-Million-Euro-Auftritt ist sie in rote Sneakers, eine lange schwarze Hose und ein rotes Holzfällerhemd mit schwarzen Längs- und Querstreifen geschlüpft. Ihre Arme sind bis zu den Handgelenken mit Tattoos übersät. Straff nach hinten gezogen wirken ihre Gesichtszüge, als sie ein überhebliches Lächeln aufsetzt und ins Mikro haucht: „Lieber Gesundheitsminister, ich freue mich wahnsinnig, hier singen zu dürfen! Das erste Lied widme ich Henning und dir."

Mitten im Applaus posaunt eine Stimme: „Leander!"

„Ja, Leander!", bestätigt die Sängerin im Licht eines Regenbogenscheinwerfers stolz. Ihre maskierten Bandmitglieder beginnen zu spielen und Sandra säuselt ins Mikro.

Dennis sagt: „Merk's dir gut, Nika. Mit sowas kannst du dich ganz leicht bei den Spießer-Schwuchteln einschleimen. Die zahlen für schlechte Songs mit bescheuerten Texten."

„Was sind denn Spießer-Schwuchteln?", fragt Nika.

„Zum Beispiel der Gesundheitsminister. Der ist ja sowas von langweilig!"

„Mich erinnert er an den Kassierer, den wir früher in der Sparkasse bei uns im Ort hatten", meint Nika.

Sandra Corona singt: „Leander ist anders und das ist normal. Leander liebt Jungs, er küsst phänomenal."

Dennis lästert: „Leander liebt Jungs und treibt es anal."

Nika lacht und Sandra singt weiter: „Hey, Mama, ich bin wie ich bin! Hey, Papa, alles macht Sinn!"

Am Bühnenrand halten sich der Gesundheitsminister und sein Ehemann in den Armen. In Hennings Augen sammeln sich Tränen der Rührung.

Sandra trällert: „Leander ist König und Paul seine Queen. Sie feiern die Liebe und adoptieren ein Kind."

„Ja, genau, schön mit Reihenhaus und Gartenzwergen", mokiert sich Dennis.

Nika scherzt: „Eddys Villa macht natürlich mehr her als so ein popliges Reihenhäuschen."

„Menno, lass mich doch mal lästern, Süße!"

„Ja, mach nur. Wenn sie fertig gesungen hat, gehe ich schwimmen", antwortet Nika.

„Sag mal, denkst du nicht auch, dass Sandra Corona bisexuell ist? Die sieht voll bi aus in ihrem Hexen-Style."

„Daran habe ich noch keinen Gedanken verschwendet. Ist mir nämlich genauso egal wie ihre Musik."

Als Sandra für ihren Song „Leander" donnernden Applaus erntet, gibt sich Dennis einem Lachanfall hin. Nika tritt ganz nah an den Pool heran und die Sängerin auf der Bühne ruft: „Danke! Ihr seid so toll! Ein ganz dickes Dankeschön auch an das Bundesgesundheitsministerium und meinen Sponsor BionCash!"

Nikas Gesicht bleibt regungslos. Der Gesundheitsminister hastet zu Sandra auf die Bühne, wo sich die beiden in die Arme fallen.

„Du bist so ein Goldschatz, Sandra!", lobt er sie. „Das ist das Lieblingslied von Henning und mir. Wir werden dich ja heute noch ganz oft hören. Nun lasst uns erst mal feiern und das leckere Buffet genießen!"

„Lecker war es wirklich", flüstert Nika und macht einen Kopfsprung in den Pool. Die Hälfte der Strecke bleibt sie unter Wasser. Als sie wieder auftaucht, krault sie bis zum Rand und hievt sich mit der Kraft ihrer Oberarme aus dem Becken. Triefend läuft sie zurück zur Terrasse und stoppt vor einem Hotdog-Wagen, die Augen voller Entsetzen. Das maskierte Roboterweibchen, das Würstchen im Brot an die Partygesellschaft verteilt, spricht sie mit männlicher Stimme an: „Wünschen Sie einen veganen Hotdog mit zuckerfreiem Ketchup und laktosefreier Mayonnaise?"

„Was hat denn mein Hotdog-Wagen hier zu suchen?", erwidert Nika. „Das ist *mein* Hotdog-Wagen, den ich eigenhändig bemalt habe!"

Verschnörkelte Blumen- und Regenbogen-Ornamente schmücken das Holz.

Das Lakai*in des Gesundheitsministers antwortet mechanisch: „Ich habe Sie nicht verstanden. Ich wiederhole: Wünschen Sie einen veganen Hotdog mit zuckerfreiem Ketchup und laktosefreier Mayonnaise?"

„Steck dir deine Gummiwürstchen in deinen veganen Roboter-Arsch und gib mir meinen Hotdog-Wagen zurück! Der gehört *mir*!", faucht Nika das platinblonde Wesen an.

Mona eilt aufgeregt herbei, gefolgt von einem höhnisch grinsenden Olaf Klopfer, der mit seinem Handy filmt. „Nika, das ist nicht mehr dein Hotdog-Wagen. Thomas hat ihn versteigert! Ich habe das alles aus der Zeitung erfahren!"

„Quatsch! Wie kommst du eigentlich auf so einen Schwachsinn? Mein Hotdog-Wagen hat hier nichts zu suchen!", protestiert Nika lautstark.

„Yeah, Baby, gib alles!", mischt sich Olaf in die Diskussion ein. „Mach uns die Corona-Leugnerin!"

„Nika, du gehst jetzt besser!", fleht Mona sie an.

„Dieser Hotdog-Wagen ist ein Erinnerungsstück an meinen Opa! Er hat ihn mir zum 16. Geburtstag geschenkt. Das kann doch wohl nicht wahr sein, dass der Gesundheitsminister sich das gute Stück unter den Nagel gerissen hat!"

„Ja, weil eine wie du kein Recht mehr auf Eigentum hat", attackiert Olaf sie mit boshaftem Tonfall.

Nika kontert: „Du Speichellecker sei jetzt mal ganz still und schalte dein verdammtes Handy aus! Wer bist du denn? Ein alterndes Bübchen mit Minderwertigkeitskomplexen, das wahrscheinlich schon seine Klassenkameraden gemobbt hat. Mobbing ist ja sooo salonfähig in diesem Land!"

Mona packt Nika an beiden Armen und jammert: „Hör doch bitte auf! Du schneidest dir gerade ins eigene Fleisch!"

„Du warst mal meine allerbeste Freundin. Jetzt bist du nur noch die Impfärztin Annalena Söderbach! Wie traurig", sagt Nika und schüttelt Monas Hände von sich ab. Der Comedian filmt lachend weiter.

Mona antwortet mit kreideblassem Gesicht: „Und du bist baden gegangen. Damit meine ich nicht nur deine bekloppte Pool-Challenge. Auf ganzer Linie bist du baden gegangen! Guck dich doch mal an, du!"

Noch bevor sie ausgeredet hat, krümmt sie sich und fasst sich an den Unterleib.

„Mona, ist alles in Ordnung?", fragt Nika besorgt.

Die TV-Ärztin stöhnt: „Mein Baby!"

Dann bricht sie vor Olaf Klopfers Kamera zusammen. Belustigt hält er sein Handy abwechselnd auf Mona und Nika. Mit einem diabolischen Grinsen auf seinen schmalen Lippen filmt er das Blut, das von Monas Oberschenkeln zu den Knien rinnt.

„Hilfe! Holt einen Krankenwagen! Schnell", brüllt Nika in die Menge.

Tim rennt aufgebracht zu seiner Frau und verpasst Olaf einen Schlag ins Gesicht, bevor er Mona in die Arme nimmt.

Der Komiker hält sich die Hand an seine gerötete Wange und schreit: „Du blödes Arschloch! Was soll das?!"

Von allen Seiten hasten Partygäste zu Mona und Tim.

Nika flüchtet. Sie hetzt die Treppe hoch zur Terrasse, wo sich niemand mehr am Buffet bedient. Ohne nach rechts und links zu schauen, läuft sie über den roten Teppich in der Eingangshalle. Die beiden Türsteher werfen sich verwunderte Blicke zu, als sie die Schwelle zur Einfahrt überquert. Sie wetzt an den Autos der Gäste vorbei und kommt erst vor dem geschlossenen Tor zum Stillstand.

Im Dickicht zwischen einer Zypresse und der Mauer versteckt sie sich einige Minuten. Dann heult ein Martinshorn auf und die Schließanlage beginnt zu surren. Das Tor geht auf. Ein Krankenwagen fährt mit Blaulicht hindurch und Nika entwischt, bevor es sich wieder schließt.

Am S-Bahnhof

Die runde Bahnhofsuhr zeigt 19:57 Uhr an. Unter dem weißen S auf grasgrünem Grund baumelt eine Regenbogenfahne. Maskierte Menschen wuseln in den S-Bahnhof, aus dem eine Ansage bis zur Straße dröhnt.

„Achtung, Achtung! Auf dem gesamten Bahnhofs-gelände sowie in den Zügen der S-Bahn gilt die 1-G-Regel. Bitte halten Sie Ihren digitalen Impfpass bereit und zeigen sie ihn unaufgefordert der Ord-nungsstaffel des Bundesministeriums für Gesund-heit vor. Halten Sie mindestens 1,5 Meter Abstand und bedecken Sie stets Mund und Nase. Verstöße gegen das Infektionsschutzgesetz werden mit Buß-geldern von bis zu 5.000 Euro geahndet", verkün-det eine kalte weibliche Computerstimme.

Vor dem Bahnhofsgebäude lauern zwei Männer in langen schwarzen Mänteln mit Stehkragen und doppelter Knopfleiste. Silbern sind die Knöpfe und regenbogenfarben ihre Binden am linken Arm. Un-ter den Mänteln mit schwarzen Gürteln und silber-nen Schnallen tragen Sie Hosen und hoch geschlos-sene Stiefel in Schwarz. Über ihren finster starren-den Augen sitzen schwarze Schirmmützen, an de-ren Vorderseiten silbrige Adler mit Regenbogen-bannern haften. Den unteren Teil ihrer Gesichter verhüllen Masken – genauso schwarz wie ihre Uni-formen.

„Eddys Werk", denkt Nika laut.

Sie geht auf die S-Bahn-Unterführung zu, nur noch wenige Meter trennen sie von den Uniformierten. Nikas Miene ist regungslos.

„Hallo, Sie da im Bikini!", poltert der linke der beiden Ordnungshüter. „Bleiben Sie mal stehen!"

Nika macht eine Kehrtwende und prescht los. Sie rennt auf den Bürgersteig, dessen Pflaster mit hellgrünen Pollen, kleinen Steinen, Plastikverpackungen und weggeworfenen blauen OP-Masken garniert ist. Zu ihrer Rechten sausen Autos, Radfahrer und ein gelber Stadtbus über die Hauptstraße. Links ist ein Mülleimer am Überquellen. Zwei Krähen bedienen sich in einem Pizzakarton an den Essensresten. Nikas nackte Fußsohlen überrennen die Hinterlassenschaften der Stadtbewohner, während die Ordnungsstaffel weiter den S-Bahnhof bewacht, digitale Impfpässe und die Masken der braven Bürger kontrolliert.

Nika schreit auf. Erschreckt nach unten starrend bleibt sie stehen und hebt ihren rechten Fuß. In ihrem Ballen steckt eine von unzähligen grünen Glasscherben einer auf dem Gehweg zerschepperten Bierflasche.

„Fuck!", flucht sie. „Immer noch der gleiche Saustall!"

Im selben Atemzug zieht sie sich die Scherbe aus dem Fleisch und humpelt zur nächsten Kreuzung.

Zwei Teenie-Mädchen, die ihr entgegenkommen, stecken die Köpfe zusammen.

„Hey, guck mal, die sieht ja aus wie Nika!", sagt die eine.

Die andere antwortet hinter vorgehaltener Hand: „Nee, das kann nicht sein. Nika ist doch sicher im Quarantänelager."

Nika singt leise die Marseillaise vor sich hin, der Schmerz ihrer Wunde steht ihr ins Gesicht geschrieben: „Allons enfants de la patrie, le jour de gloire est arrivé ..."

„Das *ist* Nika", schlussfolgert das eine Mädchen. „Ich kenne doch die Stimme!"

Dann macht sie einen Schritt auf die humpelnde Bikiniträgerin zu und ruft: „Hab ich Recht? Du bist Nika."

„Wer? Ich glaube, du verwechselst mich. Würde die Sängerin Nika im Bikini durch die Stadt humpeln? Sicher nicht."

Das Mädchen errötet und stammelt: „Oh, Entschuldigung. Schönen Abend noch."

Nika biegt nach links in eine Allee ab und singt weiter: „Contre nous de la tyrannie, l'étendard sanglant est levé ..."

Das grüne Blätterdach der Eichen wirft vor den noblen Mehrfamilienhäusern Schatten auf den Bürgersteig. Kaum noch Autos fahren Nika entgegen.

Die Besitzer haben ihre Kombis, SUVs und Elektro-Sportwagen vor den Hecken und Zäunen geparkt.

Vor dem Tennisclub am Ende der Straße steht ein rotes Hinweisschild mit folgender Aufschrift:

Im Tennisclub Rotweiß Entenwerder e.V. herrscht die 1-G-Regel. Bitte zeigen Sie unverzüglich am Eingang Ihren Impfnachweis vor.

Bedecken Sie in den Innenräumen des Vereinsgebäudes ständig Mund und Nase und betreten Sie die Duschräume nur nach vorheriger Ganzkörperdesinfektion.

Ungeimpften ist der Zugang zum Vereinsgelände streng verboten. Bei Verstößen drohen eine polizeiliche Anzeige und ein Bußgeld von bis zu 5.000 Euro.

Im Fall von Covid- bzw. grippeähnlichen Symptomen (Husten, Schnupfen, Fieber, Geschmacksverlust etc.) bleibt auch Geimpften der Eintritt verwehrt. Verstöße führen zum sofortigen Ausschluss aus dem Tennisclub.

Nach dem Abklingen der Symptome von SARS-CoV-2 benötigen Sie zwingend ein negatives PCR-Testergebnis, um erneut Zugang zum Club zu erhalten.

*Halten Sie auf den Tennisplätzen und im Clubge-
bäude mindestens 1,5 Meter Abstand zu anderen
Vereinsmitglieder*inne*n.*

*Desinfizieren Sie Ihre Tennisausrüstung vor dem
Betreten des Geländes gründlich.*

Der Vereinsvorstand

Neben dem Schild steigt ein ergrauter Mann in weißer Tennisbekleidung in einen roten Alpha Romeo.
Ein blauer Mundschutz ziert sein linkes Armge-
lenk. Hinter dem Zaun spielen vier Frauen in kurz-
en hellblauen Tennisröckchen ein Doppel. Am Eingang besprüht ein rothaariger Jüngling mit Maske
am Kinn seine Tennistasche mit Desinfektionsmittel und ein Eichhörnchen huscht mit Karacho über
die Straße zum nächsten Baum.

Nika schlurft am Tennisplatz vorbei und erreicht
den zweiten Eingang der S-Bahn-Station. Die Laut-
sprecheransage wiederholt sich: „Achtung, Achtung! Auf dem gesamten Bahnhofsgelände sowie in
den Zügen der S-Bahn gilt die 1-G-Regel. Bitte
halten Sie Ihren digitalen Impfpass bereit und zeigen sie ihn unaufgefordert der Ordnungsstaffel des
Bundesministeriums für Gesundheit vor. Halten Sie
mindestens 1,5 Meter Abstand und bedecken Sie
stets Mund und Nase. Verstöße gegen das Infekti-

onsschutzgesetz werden mit Bußgeldern von bis zu 5.000 Euro geahndet."

Die beiden Schwarzuniformierten vor der Unterführung überprüfen gerade mit einem Scanner die digitalen Impfpässe eines jungen Paares. Nika beißt die Zähne zusammen und humpelt einen Schritt schneller. Eine S-Bahn fährt ein, während in der Ferne eine Sirene heult.

Vor dem Forsthaus-Restaurant „Zum Goldenen Hirschen" auf der gegenüberliegenden Straßenseite verkündet ein schwarzes Schild mit weißer Kreide-Aufschrift: „Hunde und Ungeimpfte müssen draußen bleiben. Im Innenraum Maske tragen und Impfnachweis unverzüglich vorzeigen!"

Im Biergarten, in dem jeder zweite Tisch mit Baustellenband abgesperrt ist, bedient ein Chinese mit schwarzer Maske. In gedämpfter Lautstärke singt Sandra Corona aus der Konserve: „Leander ist anders und das ist normal. Leander liebt Jungs und küsst phänomenal."

Über der Tür des Restaurants schwingt eine Regenbogenfarbe in der Sommerabendbrise. Aus dem Freibad nebenan schallt Stimmengewirr. Nika bleibt vor dem Drehkreuz am Eingang stehen.

Im Freibad

An der weiß gestrichenen Schwimmbadmauer hängt ein Plakat, das zum Mittsommer-Nachtbaden mit Disco einlädt. Maskierte junge Leute mit perfekten Strandfiguren tanzen darauf mit Abstand vor einem Swimmingpool. Mehr als die Hälfte der Models hat afrikanisch dunkle Haut oder südostasiatisch geformte Augen. Über ihnen schwebt ein künstlich ins Bild integrierter Regenbogen, der bis in den Pool ragt und im Wasser verläuft. 25 Euro Eintritt bei Vorlage eines digitalen Impfausweises, heißt es auf dem Plakat.

Während sich Gesichtsvermummte in luftiger Sommergarderobe durch das Drehkreuz zwängen, überfliegt Nika das Schild, das links davon aufgebaut ist:

Geimpfte retten Leben! Deshalb gilt in diesem Freibad die 1-G-Regel unter Vorlage eines digitalen Impfpasses.

Halten Sie auf der Rasenfläche und in den Pools mindestens 1,5 Meter Abstand.

Nutzen Sie als Umkleide ausschließlich die Einzelkabinen.

Vor dem Betreten der Pool-Anlagen sind Sie verpflichtet, sich gründlich zu duschen und anschließend einer Ganzkörperdesinfektion zu unterziehen.

Bedecken Sie in den Pools stets Mund und Nase.

Bei Verstößen gegen diese Regeln drohen Hausverbot, eine polizeiliche Anzeige sowie ein Bußgeld von bis zu 5.000 Euro.

Ihr Freibad am Eichenwald

„Mist, was mache ich denn jetzt?", sagt Nika zu sich selbst. Mit nachdenklicher Miene stiehlt sie sich davon; ihre Augen fixieren wie magnetisiert die Schwimmbadmauer. Ein Radfahrer düst an ihr vorbei und klingelt. Hinter der Mauer wummern Techno-Beats zu metallischem Computer-Sprechgesang: „Grün … Wir sind grün … Grün ist geil … Geil ist grün."

Nika folgt dem Hindernis bis zur nächsten Straßenecke und biegt nach rechts ab. Mit den Fingerspitzen fährt sie über das Mauerwerk, auf das mit roter Graffiti-Farbe „Covid 1984" gesprüht wurde. Sie grinst und setzt langsam einen Fuß vor den anderen. Im Gras liegen weggeworfene Cola-Dosen, Bierflaschen und Masken.

Hinter einer hochgewachsenen alten Eiche mit knorrigem Stamm entdeckt sie eine schmale rostige

Tür aus Eisenstäben. Sie hat freie Sicht auf das überfüllte Schwimmerbecken, in dem Maskengesichter dicht an dicht aus dem Wasser gucken. Im Hintergrund tanzen Badegäste in einem weißen Disco-Pavillon mit Regenbogen-Scheinwerfern.

Während Nika das Maskenvolk hinter der Tür beobachtet, macht der DJ eine Ansage: „So Leute, jetzt haltet mal bitte mehr Abstand. Wir wollen doch alle solidarisch sein. Oder seid ihr Covidioten und Querdenker?"

„Nein!", brüllt die Menge.

„So liebe ich das", ruft der DJ. „Seid sozial! Abstand ist Liebe!"

Die Tanzenden jubeln und der blecherne Sprechgesang startet erneut: „Grün ... Wir sind grün ... Grün ist geil ... Geil ist grün!"

Manche verlassen die Tanzfläche. Andere suchen sich eine einsame Ecke, wo sie weiter mit sich selbst tanzen.

Nika drückt den schwerfälligen Türknauf nach unten. Unter dem Druck ihrer Hand gibt er nach; quietschend öffnet sich die Tür.

„Tadaaa, Sesam öffne dich!", freut sich die Schwimmerin und schleicht wie eine Katze auf den Rasen hinter der Mauer. Bedächtig schaut sie auf ihre Füße, humpelt an Chips-Verpackungen und zwei mit Ketchup verschmierten Papptellern vorbei.

Auf einem rosa Badetuch zu ihrer Rechten haben sich drei Jugendliche lachend um ein Smartphone versammelt. Aus dem Lautsprecher schallt Nikas Stimme: „Mobbing ist ja sooo salonfähig in diesem Land!"

Eine Rothaarige in einem schwarzweiß gestreiften Badeanzug kommentiert: „Und wegen dieser blöden Votze hat Mona nun ihr Baby verloren!"

„Nee, weil der asoziale Olaf Klopfer den Streit gefilmt hat. Mich hätte die Sache auch tierisch aufgeregt", meint das Mädchen neben ihr.

Die Dritte gibt ebenfalls ihren Senf zu dem Twitter-Video ab: „Wie hat es die Corona-Leugnerin überhaupt auf die Party geschafft? Das ist doch voll crazy! Das ist immerhin die Villa vom Gesundheitsminister!"

„Ja, für den Mord an dem Baby sollte man die Schlampe für immer ins Quarantänelager sperren!"

Nikas Kopf läuft puterrot an, ihr Gesichtsausdruck wirkt bestürzt. Mit einer schnellen Drehung wendet sie ihn von den Teenagern ab und beschleunigt ihre Schritte. Der Versuch, zum Swimmingpool zu rennen, mündet in ein klägliches „Aua". Sie hält kurz an und nimmt schwerfällig Kurs auf die Desinfektionsschleuse vor dem Becken. Noch fünf Badegäste vor ihr wollen sich unter der Ethanol-Dusche von Viren, Bakterien, Keimen und anderen systemfeindlichen Mikroben befreien.

Nika versteckt sich hinter einem weinrot blühenden Busch und sieht ihnen bei der Prozedur zu. Die Leute breiten ihre Arme weit aus, während das Desinfektionsmittel auf ihre Körper und Masken regnet. Als sie zwischen den Zweigen hervorgekrochen kommt, hält sie gezielt ihren verletzten Fuß unter die Dusche.

„Aaah! Das brennt!", jammert sie. Ihre Laute des Schmerzes ertrinken im Gedröhn der Techno-Bässe.

Rund um den Pool, aus dem stinkende Chlordämpfe aufsteigen, flitzen Badende unkoordiniert durcheinander. Wie betrunken lässt sich ein kleiner Mann mit kugelrundem Bauch vom Beckenrand plumpsen. Auf dem Einmeterbrett küsst sich ein Paar mit Masken vor den Lippen. Zur gleichen Zeit schweben hinter dem Disco-Pavillon Luftballons in Regenbogenfarben zum Himmel. Im Wasser hält man sich an den Händen, aalt sich zusammen am Beckenrand und bricht hinter dem allgemeinen Schleier aus Mikroplastik in Gelächter aus.

Nika sucht sich eine Einstiegsstelle mit weniger Andrang und gleitet in den Pool. Schnurstracks taucht sie unter. Zappelnde Arme und Beine versetzen ihr immer wieder Stöße. Sie navigiert an den zuckenden Körpern vorbei und taucht auf. Außer Atem schnappt sie nach Luft, umzingelt von johlenden Maskenfratzen.

Als eine Frauenstimme „Eine Maskenlose!" zetert, verschwindet sie erneut unter Wasser.

Während Nika taucht, bekommt die Frau eine Antwort: „Bleib mal locker! Die lassen hier keinen ohne Maske rein."

„Doch! Ich hab sie selbst gesehen!"

Nika holt noch einmal für zwei Sekunden Luft, ehe sie die Bahn zu Ende taucht. Als sie sich mit ihrer Muskelkraft aus dem Wasser hievt, schimpft ein Mann: „Die da geht ohne Maske baden!"

Nika ruft ihm zu: „Ja, so ein blödes Missgeschick! Ich hab das Ding gerade beim Tauchen verloren. Werde mir an meinem Platz sofort eine neue holen!"

„Sie sollten einfach nicht tauchen!", meckert der Mann. „Unverantwortlich ist sowas!"

Nika erwidert: „Dann seien Sie mal solidarisch und helfen Sie mir, die Maske zu finden."

Der Mann winkt ab und steigt langsam die Leiter ins Wasser hinab.

Nikas Augen sind auf das schmale, unauffällige Tor in der Schwimmbadmauer fixiert. Wie eine Gardine wirft sie sich ihr langes, triefendes Haar übers Gesicht und humpelt über die Steinplatten zur Desinfektionsdusche. Diesmal ist die Schleuse menschenleer. Nika watet hindurch. Auf dem Rasen zieht sie den Vorhang aus Haaren zur Seite und blickt in die leuchtenden braungrünen Augen einer brünett gelockten Masken-Bikini-Trägerin.

„Hallo Nika! Bist du es wirklich?", fragt sie Nika.

Sie antwortet: „Sie verwechseln mich!"

„Mensch, Nika, wir waren doch mal Nachbarinnen. Ich bin's, Maja!"

„Sorry", sagt Nika.

„Okay, vielleicht sehen wir uns ein anderes Mal. Bist ja gerade wegen Olaf Klopfer und Mona das Klatschthema Nummer eins."

Nika lässt die Frau stehen und geht weiter. Von links hämmern Bruchstücke von Gesprächen auf sie ein: „Über vier Millionen in die Villa stecken und dann nicht mal für Sicherheit sorgen!"

„Wahrscheinlich gibt es eine Großfahndung."

„Hoffentlich wird die Babymörderin geschnappt! Die arme Mona."

„Tim tut mir auch leid. So ein toller Mann und Schauspieler!"

Nika fährt sich mit den Fingern durch die Haare und drapiert sie vor ihrem Gesicht. Hinter ihrer Haargardine atmet sie tief ein und aus. Wie bei einem Drachen, der Feuer spuckt, schießt die Atemluft aus ihrem Körper. Obwohl sie immer noch humpelt, werden ihre Schritte schneller. Schmerzvoll stöhnt sie vor sich hin.

Wenige Meter vor dem Tor verstummt im Disco-Pavillon die Musik und der DJ sagt an: „Hört mal alle zu! Uns ist zu Ohren gekommen, dass die bekannte Corona-Leugnerin Nika durch die Pools in unserem schönen Viertel schwimmt. Haltet also zusammen die Augen offen und gebt aufeinander Acht!"

Ein aufgeregtes Stimmwirrwarr entfesselt sich, Badegäste schwirren nach allen Seiten und Nika flieht durch das Tor.

Die Ankunft

Sie stapft durch Lindenpollen-Teppiche und tippt dabei zaghaft mit ihrem lädierten Fuß auf das Kopfsteinpflaster. Nika hält sich nur noch unter den Bäumen am Wegrand auf und wechselt die Straßenseite, als ihr zwei Männer entgegen spazieren. Schlaff hängen ihre Schultern nach unten; in ihre Stirn hat sich eine Furche gegraben. Sie lehnt sich an eine Grundstücksmauer, nimmt ein paar Atemzüge und zerrt sich zurück auf die Beine.

„Weiter, Mädel!", treibt sie sich selbst an. „Die letzten paar Meter schaffst du auch noch."

Im abendlichen Dämmerlicht schlurft sie einen hügeligen Weg hoch. Einmal bleibt sie einen Moment an einer buschigen Hecke sitzen und redet sich mit wohlwollender Stimme zu: „Gleich bist du am Ziel. Bis hierhin hast du überlebt, also sei stolz auf dich!"

Dann fängt sie wieder an, die französische Nationalhymne zu singen: „Aux armes, citoyens! Formez vos bataillons! Marchons, Marchons! Qu'un sang impur abreuve nos sillons!"

Strähnig und von Chlorwasser durchtränkt verströmen Nikas Haare einen strengen chemischen Geruch. Das Weiße in ihren Augen ist gerötet.

Als sie eine leere Einfahrt mit weißem Kieselsteinbelag erreicht, stößt sie einen lauten Seufzer aus und lächelt müde. Vor der dreitürmigen pfirsichgelben Jugendstilvilla steht ein weißes Schild, das mit fetten roten Buchstaben „Zu verkaufen" verkündet.

Nika humpelt auf das Haus zu und lässt die geschwungene Steintreppe, die zum Haupteingang führt, links liegen. Um die Villa herum tapert sie zur Terrasse.

Von der weißen Balustrade, die in der Mitte von einer nach unten breiter werdenden Treppe unterbrochen wird, blickt sie in einen Garten voller Rosen. Die roten tragen die prächtigsten Blüten. Nika inhaliert ihren betörenden Duft, der wie Parfum über dem Grundstück schwebt. Die Luft ist von Sommer erfüllt. Grillen zirpen zwischen den Gräsern und die Erschöpfung in Nikas Gesicht weicht einem zufriedenen Lächeln. Sie hält inne und lässt ihre Augen im Farbenmeer der Rosenbüsche versinken. Zwischen den wild wuchernden Blumen tanzt eine in Stein gemeißelte Venus auf einem antik wirkenden Springbrunnen. Das Becken ist leer, genau wie das Wohnzimmer hinter der breiten Fensterfront. In der Ferne hinter dem Garten leuchtet ein See in der Abenddämmerung. Die Sonnenstrahlen verlaufen darin wie in einem impressionistischen Gemälde.

Nika dreht sich um und schaut durch das Fenster, an dem sich gelbliche Pollenschlieren abgesetzt haben. Alle Möbel wurden längst abtransportiert.

Auf den rosa gemaserten Marmorfliesen der Terrasse zeugt noch trockenes Laub vom vergangenen Herbst.

Neben der Terrassentür steht ein wuchtiger Terracotta-Pflanzkübel, aus dem Nika eine schwarze Reisetasche fischt. Das Gefäß ist so riesig, dass es den Inhalt vor Blicken perfekt abgeschirmt hat.

Nika öffnet den Reißverschluss, holt sich schwarze Unterwäsche und ein grünes Etuikleid mit kurzen Ärmeln aus der Tasche. Dann entledigt sie sich ihres Bikinis und zieht sich an. Ihr figurbetontes Sommerkleid ist vorne und hinten mit einem flammenden rot-orangen Blumenmuster bedruckt. Mit ihren schmutzigen Füßen schlüpft sie in flache Korklatschen mit glänzenden goldenen Schnallen.

Als nächstes zieht sie eine hellblonde Langhaarperücke aus der Tasche, dreht ihre eigenen Haare oben auf dem Kopf zusammen und stülpt sich die falsche Mähne über. Zum Abschluss setzt sie sich eine schwarzgeränderte Kunststoffbrille auf die Nase. Nach der Typ-Veränderung greift sie in einem Seitenfach der Reisetasche nach ihrem Handy, auf dessen Bildschirm drei verpasste Anrufe aufploppen.

„Nika, wo bleibst du? Ich mache mir Sorgen!", lautet der Inhalt einer Telegram-Nachricht, die sie um 20:20 Uhr empfangen hat. Darunter hat der Absender das Video von Olaf Klopfer gepostet.

„Baden gegangen!", betitelt der Comedian sein Filmchen. „Wenn Corona-Leugnerinnen Partys crashen, sterben ungeborene Kinder."

Unter dem Post liest Nika einen Kommentar mit 305 Likes: „Dises wiederliche produkt von Intzesst! Sofort vergaßen!"

„Pffff", zischt sie und textet zurück: „Alles in Ordnung, ich lebe. Brauche nur Verbandszeug und Desinfektionsmittel für meinen Fuß. Bin in Glas gelatscht."

Wenige Sekunden später bekommt sie eine Antwort: „Ist im Auto. Ich warte in der Seitenstraße vor deinem Ex-Haus. Komm bitte her!"

„Ja, bin schon auf der Terrasse und fertig angezogen", tippt sie.

„Gott sei Dank. Dann sind wir vor Mitternacht über die Grenze."

Nika schreibt: „Würde vorher gerne einem kleinen Mädchen einen Umschlag in den Briefkasten werfen."

Dann stopft sie ihren Bikini und das Smartphone in die Tasche und wirft sich den Trageriemen über die rechte Schulter. Mit den Sohlen unter ihren Füßen läuft sie sicherer und humpelt nicht mehr ganz so stark. In der Einfahrt stoppt sie und würdigt ihrer Villa eines letzten Blickes.

„Mach's nochmal gut, altes Haus, mein verlorenes Paradies", sagt sie ein bisschen wehmütig. Nachdem sie sich eine winzige Träne aus dem Augenwinkel gewischt hat, setzt sie sich wieder in Bewegung.

Neben der Hecke hinter der Villa ist ein roter VW-Bus mit ausländischem Kennzeichen geparkt. Nika klettert durch die längst geöffnete Tür auf den Beifahrersitz und lässt sie hinter sich ins Schloss fallen. Der Motor beginnt zu brummen und der Wagen fährt mit ihr davon.

Nachwort

Die Grundidee dieses Romans ist schon fast 60 Jahre alt. Im Jahr 1964 veröffentlichte der US-amerikanische Autor John Cheever die Kurzgeschichte „Der Schwimmer" (englischer Originaltitel: „The Swimmer"). Der Protagonist Ned Merill schwimmt durch die Pools alter Freunde und Geschäftspartner in einem Nobelviertel in Connecticut „nach Hause". Ned ist privat und beruflich gescheitert, was im Laufe der Handlung immer deutlicher durchschimmert.

Obwohl ich amerikanische Literatur studiert habe, hatte ich von dieser Kurzgeschichte bisher nichts gehört. Das änderte sich Anfang August 2021, als mein Gastgeber in Finnland eines Abends den Film „The Swimmer" anschauen wollte. Der Streifen aus dem Jahr 1968 ist um viele Details und Dialoge reicher als seine literarische Vorlage. Neds ehemaliges Kindermädchen Julie, das für Nikas Backgroundsängerin Julia Modell stand, kommt in John Cheevers Kurzgeschichte gar nicht vor. Ebenso wenig der ängstliche kleine Junge, der mit selbstgemachter Limonade vor einem leeren Swimmingpool im Garten seiner Eltern sitzt. Einige Figuren und Handlungen aus der Hollywood-Produktion mit Burt Lancaster habe ich aufgegriffen und abgewandelt, damit sie in den neuen Kontext passen. Aus dem Jungen wurde die neunjährige Emilia, aus der verflossenen Geliebten Shirley Nikas Ex-Freund Leon. Selbst der Hotdog-Wagen aus dem Film taucht bei der Party des Gesundheitsministers wieder auf.

Während Neds Verzweiflung über seine geplatzten Lebensträume am Ende des Originals ein schales Gefühl hinterlässt, war es mir wichtig, dass Nika trotz harter Verluste als Siegerin aus der Geschichte hervorgeht. Wer mit ihr nach der Schwimm-Challenge im roten VW-Bus Richtung Staatsgrenze fährt, habe ich bewusst offen gelassen. Über die Frage, ob hinter dem Lenkrad ihr Lebensgefährte Thomas, ein neuer Partner, eine gute Freundin oder ein Familienmitglied sitzt, darfst du also gerne spekulieren.

Möglicherweise fragst du dich auch, ob der Name der Protagonistin etwas mit mir zu tun haben könnte. Vielleicht denkst du: Man streiche einfach die ersten beiden Buchstaben meines Vornamens und dabei heraus kommt Nika. Tatsächlich habe ich zwischen 2018 und 2020 Buntstiftzeichnungen mit dem Pseudonym Nika signiert. Während ich den Prolog dieses Romans schrieb, dachte ich nicht mehr darüber nach. Ich hatte nur dieses starke Gefühl, dass meine Heldin Nika heißen möchte. Eine Frau, die mir überhaupt nicht ähnlich sieht, viel besser tauchen kann und trotzdem charakterlich viele Gemeinsamkeiten mit mir hat. Nika wurde zu einer Spielfigur, mit der ich mich literarisch von einem Pool in den nächsten stürze und die mir schon manches Mal in meinen nächtlichen Träumen begegnet ist. Ihre Gedankenwelt halte ich absichtlich verschlossen, außer in Momenten des lauten Denkens. Auch die Frage, wo sie sich vor ihrem anfänglichen Bad im See aufgehalten hat, bleibt bis zum Ende der Geschichte unbeantwortet. Ihre Schwimm-Odyssee ist wie ein Traum, der irgendwo anfängt und nach den surrealen Ereignissen und Begegnungen endet.

Auf die griechische Mythologie bezogen, kann ihr Name auf die Siegesgöttin Nike zurückgeführt werden. Im slawischen Sprachraum bedeutet Nika „zu Gott gehörig", während das iranische Volk der Paschtunen den Titel „Nika" seinen Königen und Dichtern verlieh. All diese möglichen Lesarten passen perfekt zu Nika. Obwohl das System sie zensiert, diffamiert und ihre Karriere zerstört hat, beweist sie trotz herber Rückschläge Stärke, Mut und Standhaftigkeit.

Genau solche Menschen sind Leuchtfeuer in dieser seltsamen Zeit des Wandels. Wenige Tage nachdem ich mit dem Schreiben meines Romans begonnen hatte, beschloss das Merkel-Regime die Einführung der 3-G- bzw. 2-G-Regelungen. Seit den letzten Tagen des Jahres 2020 halte ich mich in Skandinavien auf; Ende September hat Schweden die ohnehin schon laxen Corona-Maßnahmen aufgehoben. Während ich als ungeimpfte, ungetestete Gesunde regelmäßig mit internationalen Gruppen Restaurants, Malkurse und Konzerte besuche, würde man mich in Deutschland von alledem aussperren. Hier stellt niemand die Frage nach dem Impfpass und mir ist es egal, ob mein Gegenüber am Tisch „ja" zur mRNA-Spritze gesagt hat. Jeder hat das Recht, frei zu wählen, selbst wenn es ihm möglicherweise schadet.

Bei meinem Blick aus der Ferne erinnert mich der indirekte Impfzwang an Schilder mit der Parole „Kauft nicht bei Juden!" und ich frage mich, wie weit diese faschistischen Machenschaften noch ausgeweitet werden sollen. Wann wird die breite gehorchende Masse hinter ihrer verkeimten Deppenmaske nach Quarantänelagern für Ungeimpfte brüllen? Wie lange wird sich Deutschland noch spalten lassen, während sich Italiens und Frankreichs Bevölkerungen vehement für ihre Freiheit erheben?

Nein, Quarantänelager sind kein Hirngespinst, das rabenschwarz aus meiner Feder geflossen kam! Die Corona-Festung Australien baut bereits solche Camps, ebenso einige demokratisch regierte Bundesstaaten der USA. Könnte es sein, dass irgendwann in der Realität Regierungskritiker verschleppt und euthanasiert werden wie Nikas Bandkollege Marc?

Die Löschung von Bankkonten in den Reihen der Querdenker-Bewegung ist längst gang und gäbe. Von medialen Hetzkampagnen und der Zensur in den sozialen Medien ganz zu schweigen. Ich habe das selbst mit harmlosen Musikbeiträgen auf You-Tube erlebt und ein Blogger-Netzwerk löschte meine Websites aus dem Verzeichnis, nachdem ich es gewagt hatte, eine Propaganda-Kampagne des Bundesgesundheitsministeriums zu kritisieren.

All das weckt Erinnerungen an eine Zeit vor über 80 Jahren. Und wieder lassen sich deutsche Prominente mit Kusshand für die staatliche Propaganda instrumentalisieren. Zum Beispiel eine bekannte Sängerin, die sich mürrisch vor dem heimischen Kühlschrank filmt und ihre Community aufruft, sich endlich impfen zu lassen. Zufällig ist diese Dame kurze Zeit später mit „Schnupfen 19" infiziert, schon 2010 „musste" sie wegen Schweinegrippe ein Konzert absagen! Auch ein gewisser „Comedian", der sich mit Mobbing-Attacken gegen andere Promis einen Namen gemacht hat, verhöhnt Menschen, die genetische Experimente an ihrem Körper ablehnen.

Doch wie lange werden solche Marionetten noch von den gendernden Neo-Sozialisten gehypt? Könnte es sein, dass sie eines Tages die Quittung für ihre Handlungen bekommen und der Preis höher ist als gedacht? Ich werde weder moralisieren noch über sie richten, denn auch ihre Seelen verfolgen sicher irgendeinen Plan. Mein Plan ist, mich immer mal wieder auf kreative Art zum Weltgeschehen zu äußern, reisend mein Leben zu genießen und mich mit klar denkenden, freiheitsliebenden Menschen zu vernetzen. Zusammen werden wir den Weg in eine l(i)ebenswerte Welt meistern. Davon bin ich fest überzeugt und bisher hat immer mein Glaube gesiegt.

Annika Senger, Anfang November 2021

Buchtipp

Annika Senger

Letzte Ausfahrt 2020

Berlin, Ende Dezember 2020: Der Koffer ist viel zu schwer und genauso rot wie die Sticker, die beim letzten Gang in den Supermarkt „Abstand halten!" und „Maskenpflicht" brüllen. Die Stunden vor dem Weggang aus ihrem alten Leben sind gezählt. Doch wird ihr die Flucht nach Schweden gelingen? Die Übergabe ihrer leer geräumten Wohnung verläuft komplizierter als gedacht. Und vor dem ersten Umsteigebahnhof klafft auch noch der Reißverschluss ihres Koffers auseinander! Zwischen Corona-Restriktionen, medialer Angstmache, Maskengesichtern und bösen Anfeindungen von Maßnahmen-Befürwortern hat sie nur ein Ziel vor Augen: Freiheit.

Verlag: tredition GmbH, Hamburg

ISBN:
978-3-347-34455-6 (Paperback)
978-3-347-34456-3 (Hardcover)
978-3-347-34457-0 (e-Book)

Zeitfracht Medien GmbH
Ferdinand-Jühlke-Straße 7
99095 Erfurt, Deutschland
produktsicherheit@kolibri360.de